板娘

夜逃げ若殿 捕物噺5

聖 龍人

時代小説
二見時代小説文庫

姫は看板娘

——夜逃げ若殿 捕物噺5

第一話　剣術指南番

一

五月《さつき》の空が、江戸を青く染めるほどさわやかな日よりである。

ここ、上野山下《うえのやました》にある、書画骨董、美術品を扱っている片岡屋《かたおかや》では、千太郎《せんたろう》が刀の目利《めき》きをおこなっていた。

そばには、雪《ゆき》こと由布姫《ゆうひめ》が座ってにこにこしている。

そんな姿を帳簿をつけながら、主人の治右衛門《はるえもん》が半分は薄笑いをしつつ見ている。

その顔はどこか、親のようでもある。

ふたりの周囲は夏のように暑い。

「なにか名のある刀ですか？」

由布姫が、問うた。

「ふぅ……」

まともな返事ではないが、由布姫はそれでもにこにこしたままである。

じっと次の返事を待っているらしい。

じつは、このふたりには秘密がある。

千太郎は、下総稲月家《しもうさいなづき》三万五千石の若殿。

由布姫は将軍につらなる田安家《たやすけ》ゆかりのお姫様なのである。

もちろん、周囲はそんなことはつゆとも知らない。

ふたりは本来なら許嫁《いいなずけ》だ。

ところが、ふたりはお互いの正体を知らずにいるのだから、世のなかなにが起きるかわからない。

千太郎は、祝言《しゅうげん》の前に少し江戸市中で気ままな生活を満喫してみたい、と屋敷を逃げ出した。

さらに、由布姫もやはり押しつけられた祝言など面白くない、祝言まで好きなことをしたいと、供の志津《しづ》とともにときどき江戸の町を徘徊しているのだ。

普通なら考えられないのだが、それを強行するところに、ふたりの勝手気ままぶりが現れているといえよう。
千太郎が片岡屋に居候している事実を知っているのは、乳兄弟《ちきょうだい》の、佐原市之丞《さはらいちのじょう》と
その父で江戸家老の、佐原源兵衛《げんべえ》だけである。
初めの頃は、源兵衛は三万五千石の若様が江戸の街に住むなど、とんでもない、と
いきり立っていたのだが、いまでは半分諦めの境地に陥っているらしい。
しかも、市之丞は、事件を通して知り合った由布姫のお供である志津といい仲に発
展してしまった。お互いの身分は知らぬままである。
このふたりは、お家を背負っているわけではないから、どんな仲になろうと気まま
なものである。
しかし、由布姫の気持ちは穏やかではない。
なにしろ自分には、将軍家から命じられた祝言の相手がいる。
それなのに、千太郎に心を奪われ始めたから、一時は悩んでいたのである。
ところが、千太郎は祝言の相手なのではないか、と思う節《ふし》が幾度もあった。
千太郎の態度がそのように伝えている。
本人が事実を由布姫に語ったわけではないが、
「あの目は、自分は稲月の千太郎だと申していた……」

誰ともなしに、考えているのだった。

しかし、お互いの身分を知り合ったと思われた日から、ひと月は過ぎているというのに、近頃はそのような雰囲気を見せることはない。

由布姫にしてみると、物足りないのだ。

もっと、確かなものがほしい……そう考えるのだが、片岡屋を訪ねてきても、

「ふぅ……」

などと、千太郎は意味不明な態度を見せるだけである。

あのときの言葉はその場かぎりの戯言《ざれごと》だったのか？

不安な気持ちに駆られるのだが、だからといって拗《す》ねてみせるわけにもいかずに、近頃の由布姫は悶々としているのだった。

そんな由布姫の気持ちを知ってか知らずか、千太郎は、相変わらず刀剣をじっと見つめている。

「なかなかいい波紋ではないか」

由布姫を見つめる。

その瞳には、なにか意味がありそうだが、由布姫は自分勝手な思いだろう、と大き

く息を吸った。

「そうでございますか」

「そうです」

「名のある業物《わざもの》なのですか？」

「いやそれほどではない」

「では、どうしてそのように見つめているのです」

「これを打った刀鍛冶《かじ》を知りたいのだ」

「刀鍛冶を？」

「はい」

「なにを知りたいのです」

「命です」

「え……？　亡くなったのですか？」

「知りません」

千太郎の言葉はまったくなにをいいたいのかさっぱりわからない。

やがて、まぁいいでしょう、と勝手に会話を終わらせてしまった。

このような調子で応対されたら、疲れてしまう、と由布姫はまた大きくため息をつ

くと、千太郎が、

「弥市《やいち》親分だな」

そう呟いたと同時に、山之宿《やまのしゆく》に住まいがある、岡っ引きの弥市が顔を出した。どうやら、足音で推量したらしい。

由布姫は心で、この人は底知れぬお人だ、と舌を巻く。

せかせかと弥市がやってきた。

店《たな》に入ると、上がり框《かまち》にどっかと腰を下ろした。

「どうした親分」

へぇ、と答えた弥市は、千太郎の後ろに控えている由布姫を見つめて、

「おや、お雪さんも来ていたのですか」

雪とは、みんなの前で使っている名前である。

不思議そうな目つきをする弥市に、由布姫は、

「おや、どうしてこんなところに来ているのかという顔つきですね」

「いえいえ、そういうわけでは……」

唇を尖《とが》らせるような仕草をして答える。

千太郎は、相変わらず刀を見つめているだけだ。

「旦那、事件です」

「どんな」

「いや、これから起きたら困るなぁと思っているんですがね」

「なんだ」

「近頃、この店の周辺におかしな侍がうろついている、という話を聞きつけたんですがねぇ」

「そうなのか？」

千太郎は体を捻《ひね》って、帳簿をいじっている治右衛門に声をかけた。

治右衛門は、まぁ、そんなところです、と鉤《かぎ》鼻を突き出しながら答えた。

「どんな侍なのだ。浪人か？」

「いえいえ、どこぞの家中《かちゅう》でしょう。旗本かもしれません」

「それがどうして怪しいと？」

由布姫が、眉をひそめる。

弥市が、その侍の人相を語りだした。

額がやたら飛び出していて、手が長いというのである。そんな特徴のある侍だから、知っている者がいるかもしれねぇ、と近所を回って、聴き込んでみたらしい。

「で、いたのか」

ようやく刀を納めて、千太郎が訊いた。

「いいえ、誰も知らねぇといいます。ただ、うろついていることは気がついているらしくて、みんな気持ち悪がっているんでさぁ」

「額が出ていて、手が長いとな……なかなかの異相らしい」

「へぇ……」

と——。

「お雪さん、どうしました?」

由布姫の顔が白くなっている。

「なにか心当たりでも?」

弥市が、不審気に訊いた。

「いえ、そんなことはありません」

知らぬ顔つきではない。

おそらく心当たりがあるに違いない、と弥市は睨む。だが、本人が知らぬと答えているのを、追い込むわけにもいかない。

髪の毛や、衣服の着こなしは町人に見せているが、雪の身のこなしは、あきらかに武家の出である。

弥市は、それだけに少しは、へりくだっているのだった。

由布姫は、用事を思い出しました、といって、そそくさと片岡屋から帰っていった。

二

「なにを考えているのですか！」

由布姫の雷が落ちた。

目の前には、侍が縮こまって座っている。

額がおそろしく出ていて、手が長い。弥市が片岡屋の周りをうろついている、とその身元を洗おうとしている侍に違いなかった。

由布姫の屋敷である。

一段高いところから雷が降ってくるのである、その侍が小さくなるのも仕方がない。

「京之介《きょうのすけ》、誰に頼まれました」

頭を下げ、小さくなっている侍は、八幡《やはた》京之介といった。その手の長さを武器として、屋敷内では剣術で敵《かな》う者はいない。

「は……あの」

「しっかり答えなさい。誰に頼まれたのです」

「いえ……私の独断です」

「なんと？　本当か」

「はい……」

八幡京之介は、由布姫の剣術指南番である。今年三十二歳になるが独身である。

その異相ゆえに、なかなかおなごがそばに寄らぬのだ。そのことは、本人も気がついているのだろう、自分からも嫁取りのことはまったく考えておらぬ、と日頃から口癖のように語っているのだった。

剣術の腕は確かに強い。

手の長さが戦いでは有利に働いているのだろう、と自分で分析をするだけの頭も持ち合わせている。

薙刀《なぎなた》や小太刀を習ったのは、この京之介からだった。したがって、剣術では師匠なのだが、いまは、姫と家臣として応対していた。

京之介がいうには、近頃、姫はときどき屋敷から消えてしまうため、どこに行くのか、と気になっていた。

　ある日、屋敷の外で見張っていると、案の定、志津とともに屋敷を抜け出していく。重臣たちは気がついていて知らぬふりをしている。

　それが、京之介は気に入らない。

　こともあろうに、田安家につながる姫が屋敷を抜けて、市井《しせい》の者たちと対等の口をきいているなど許せるものではない。

「それで、後をつけていたのか」

「はい……」

「しかし、お前のその顔でうろうろされていては、目立つに決まっておろう」

「はぁ……」

「お前が剣術指南番であり、家臣であることはよその者も知っておるではないか。そんなお前がうろうろしていては、かえって怪しまれるとは思いませんか」

「はぁ……そこまでは」

「だから、考えが足りぬというのです。腕と頭が別とは情けない」

「しかし……」

「うるさい！　これから私をつけることは許しません。捜すのも許しません。わかりましたか！」

「は……」

京之介は長い手を畳につけて、大きな額を擦りつけた。

「まったく、よけいなことをするものです」

「は……」

京之介としては、由布姫のために良きことをしたつもりなのだろう、顔はどこか不服そうである。

下がれ、という言葉で京之介は由布姫の前から辞した。顔は真っ赤である。

その態度をじっと見つめていた由布姫は、肩を落として、ため息をついた。

いつか、こんなことがあるかもしれない、とは考えていた。だが、まさか八幡京之介が自ら動きだすとは……。

いくら剣術指南番とはいえ、かってにそのようなことが許されるものではない。

だが、裏に誰か糸を引いている重臣がいるとは思えなかった。

このままでは、由布姫のじゃじゃ馬、気ままはやがて奪われるかもしれぬ。家臣たちには、心配をかけていることは重々わかっている。

しかし、千太郎を知ったいま、この生活をやめるわけにはいかない。この楽しい日々を奪われてなるものか……。

由布姫は、唇を嚙み締めた。

「こうなったら……」

強い決心の目つきで志津を呼んだのである。


翌日——。

由布姫の姿は、志津の実家にあった。

なんと、由布姫は屋敷を出て、志津の家に当分やっかいになる、といいだしたのだった。

いくらなんでもそれはやりすぎ、と志津は反対をしたのだが、由布姫の気持ちは固かったのである。

翌日、由布姫の姿が消えて、京之介は自分の独断がこんな仕儀になってしまったか、と沈み返っていたのだった。

といって、そのままいつまでも嘆くような京之介ではない。その日のうちに、自分も屋敷から抜け出したのである……。

志津の実家は、人形を売っている。

数日の間は由布姫も大人しくしていたのだが、やがて自分も店に出たい、と望みだした。

周囲は、姫さまにそんなことをさせるわけにはいきません、と止めるのだが、一度いいだしたらきかない由布姫である。

とうとう、周りが止めるのもきかずに店に出始めてしまった。

周りは心配で仕方なかったのだが、なんと由布姫は、周りの心配をよそに、客あしらいは如才なく、使用人たちを驚かせた。

由布姫が志津の実家に暮らし始めてから、五日目のこと、そばをうろうろする侍がまた目立っていた。

使用人たちが気持ち悪いといいだしたのだ。

なにせ、額が大きい。

それにもまして、手がやたら長い。

身なりは立派である。

その辺を歩いている貧乏侍は木綿の着物だが、仙台平《せんだいひら》の袴に、博多献上の帯。ただの貧乏侍とは思えない。

しかし、その異様な姿形は、使用人たちを不安にさせていたのだ。

志津と由布姫は、その侍が誰かすぐ気がついた。

特に由布姫は、怒りが沸騰していた。

一度、叱りつけたのに、まったく反省の色が見えない。一度、呼びつけて怒鳴ったときも、別れ際に、なにか含むところがあるような顔つきだったことを思い出す。

由布姫はなんとかして、京之介を追い払おうと志津と相談をしたが、いい案は浮かんでこない。

なにしろ相手は、剣術指南番である。

うかつなことはできない。腕ずくで追い払おうとしても、無理なのだ。どうして、姫の命《めい》を聞けないのか、と憤慨しても、せんないことだろう。

一度、志津が歩いている京之介を捕まえて、直談判《じかだんぱん》をした。

しかし……。

まったく歯牙《しが》にもかけなかったのである。

「いかがいたしますか？」

志津は宿下がりとして、実家で由布姫と一緒に寝泊まりしているのだ。

まさか、姫と同じ部屋で生活はできない、と志津をはじめ両親も特別な部屋を用意しようとしたのだが、

「特別な待遇はいりません」

志津と一緒の部屋で生活をしている。

寝床はとなり合わせである。

そのような日常を送ったことのない由布姫は、楽しんでいたのだ。そこに、八幡京之介が現れて、せっかくの心地いい毎日が奪われてしまったのだった。由布姫の怒りは志津が肌で感じている。

問題はそれだけではなかった。

なんと、由布姫の日頃の立ち居振舞いに惚れた男が出てきたのである。

もちろん、そこまで由布姫も志津も頭は回っていない。使用人のなかにも気がついている者はひとりもいなかった……。

三

寛平《かんぺい》は志津の家から三軒となりにある、蕎麦屋の香川《かがわ》屋の若旦那であった。

今年、十九歳になる。

先行きは、店を継ぐのだが、いまはまだふらふらしている、いわば遊び人のような暮らしをしているのだった。

親からは、きちんと店の仕事を覚えるようにときつくいわれているのだが、遊べるのはいまのうち、とばかりに、悪所《あくしょ》通いはするわ、賭け事にも手を出す。

近所でも鼻つまみ者だったのである。

由布姫のそばについていた志津に、寛平の知識はない。

したがって、そんな男の影が由布姫につきまとおうとしているとは、夢にも思っていなかったのだ。

京之介に気が取られている間に、寛平はときどき店に来ては、由布姫の姿を眺めていた。

それに気がついたのは、お園《その》という下女だった。

ある日、志津にそっと耳打ちをしたのだ。

「寛平さん？」

「はい。三軒となりの香川屋の息子さんです」

「それがどうかしたのですか？」

「雪さんにつきまとおうとしているのは間違いありません」

「そんな素振りがあったのですか？」

「じっと見つめているのです。そしてにやにやとしていました。あれはなにかよからぬことを思案しているに違いありません」

「…………」

それは由々しき問題である。

志津は、すぐその話を由布姫に伝えた。

そこで、由布姫は寛平の存在を初めて意識することになったのである。

いわれて注意深く見るようにしたのだが、寛平は二枚目ではない。団子鼻に、目は細い。

どう見ても見目麗しい男という雰囲気ではなかった。どちらかというと、気持ちが悪かった。

客商売で、それを表に出すのは得策ではないことは充分わかっているが、そこは気まぐれな由布姫である。

寛平が来ても、無視をすることにした。

最初は遠巻きにして由布姫を見ているだけだった寛平も、しだいに大胆になってきた。

ときどき声をかけるようになったのだ。

由布姫は、相手にならない。

ときには、あからさまに人形を見せてくれ、と寄ってきたことがある。それでも、由布姫は顔も見ずに、距離を保っていたのだった。

そんな日々が十日も続いただろうか。

その日、寛平の顔は見えなかった。

ところが、寛平の顔がやけに老《ふ》けてやってきたのだが、

「寛平のお父さんですって？」

その男は、寛平の父親であった。

「あんたのせいで、うちの跡継ぎがいなくなったのだ、どうしてくれる」

と言いがかりをつけてきたのだ。

由布姫が相手になってくれないから、それをはかなんで、寛平が姿を消してしまったのだ、というのである。

「いきなりそんな話を持ち込まれましても……」

由布姫は、自分に非があるなど、濡れ衣だ、と訴える。

だが、父親の段平《だんぺい》は聞こうとしない。

いくら親ばかとはいえ、そんなことで他人に文句をいいに来るなど、やり過ぎだろう、と志津も、両親も談判をした。

段平は、どんどんいうことが強烈になった。

なんと由布姫のお陰で、息子がおかしくなった。それで家を出てしまったに違いないから、その保証金を払え、といいだしたのだ。

そんなとき、事態を変える出来事があった。

「脅迫状がきたのですか？」

「そうだ……」

段平は、団子鼻をぐずぐずさせながら、書付《かきつけ》を由布姫に差し出した。

それには、お前の息子を誘拐したから、その身代金《みのしろきん》を払え、と書かれてあったのである……。

「これは……」

「どうしてくれる」

「なにがです？」

「お前が冷たくしたからだ」

「ですから、それとこの誘拐とは関わりはありませんよ」

「そんなことはない」

「どうしてです？」

「お前が冷たいから、息子はふらふらとどこかを歩いていた。そのときにかどわかされたに違いない」

「…………」

「この身代金は、お前に払ってもらいたい」

「無体《むたい》な」

「なに？　無体だって？」

そんな言葉遣いを庶民はしない。

段平の顔に訝《いぶか》しげな匂いが漂い始めて、志津は慌てた。

「わかりました。なんとかいたします」

つい、そう答えてしまったのである。

由布姫は、志津にどうするのか問い詰める。

自分に関わりのない男の身代金など払う気はない。

しかし、一度口に出してしまったのだから、なんとかしなければいけないだろう。

志津は、この際千太郎さんに頼んで助けてもらったらどうだろうか、と提案した。

由布姫に否《いな》やはなかった。

片岡屋にやってきた由布姫と志津は、千太郎の前で、神妙な顔つきで、段平、寛平親子の話をしている。

例によって千太郎は、今日も目利きをおこなっていた。

今日は刀ではない。大きな壺である。

「それはなにかいわれのあるものですか」

由布姫が半分お世辞で訊いた。

どうせまともな返事はないだろう、と思ってのことだった。

「まったくの安物ですね」

予測どおりの答えで、思わず由布姫は苦笑を見せた。となりでは、志津までが苦笑いをしている。

治右衛門は、いつものごとく帳簿をつけているだけで、話に入ってくる気配はない。聞いているのか、どうなのかもわからないが、そのほうがありがたかった。

「千太郎さん」

由布姫の声に、千太郎は、あん？　と顔を振った。

「なんとかしてください」

「思案しているところですよ」

本当だろうかという目つきに、千太郎は、にやりとしながら、

「しかし、この話どう考えても変です」

「それはわかってます」

「いえ、変なのはその親子のことですよ」

「というのは？」

由布姫は、怪訝《けげん》な目つきをする。

「ふたりで親子に騙されたのでは？」

「騙された？」

「最初から、かどわかしなどないとしたらどうなりますかねぇ」

「脅迫状がきてますが、それも偽物だと？」

由布姫が訊くと、志津が叫んだ。

「狂言だというのですか！」

「まだそうと決まったわけではないが、その目算《もくさん》は大きいと思えるのだが」

「まぁ……」

そういわれてみれば、と由布姫が呟く。

「冷静になって考えてみたら、おかしなことだらけですね」

「そうでしょう」

千太郎は、壺をとんと叩いた。

「この壺は叩くといい音がする。だから騙されやすい。似たようなものです」

「しかし、あの蕎麦屋はそんなあこぎなことをやる親子だったのですかねぇ……」

不思議そうな目つきをする由布姫に、

「人を騙そうとする人間は、表の顔こそ普通にできているものです」

「そうですかねぇ」

「安心させるためにね」

「はぁ……」

すっかり騙されてしまったのか、と由布姫は不機嫌になってしまった。

それを見て志津が千太郎に頼み込む。

「なんとかうまい解決策はありませんか」

「……市之丞を使おう」

一度はぱっと志津の顔が明るくなったが、

「でも、どんなことをさせるのですか」

「ほう、心配かな」

「いえ、そういうわけではなく……どんな策があるのか、と思いまして」

そうだな、と千太郎はまたぽんと壺を叩いた。

「この音を立てさそう」

「はて……どういうことでしょう」

「音を立てると、人はどうする？」

「……そちらに目を向けます」

「そうであろう、それをやろう」

由布姫も志津も、千太郎がなにをいいたいのか、さっぱりわからない。それでも、いい策を考えついたのだろう、と期待はしている。

「市之丞に寛平になってもらおう」

ふたりは首を傾げる。

「どういうことですか？」

問う由布姫に、千太郎はにやりと笑った。

「捕まった寛平は偽物だ、と言いふらす」

「よくわかりませんが……」

「市之丞に、壺をどんと叩いてもらうのだ」

「ますますわかりません」

「そうか？」

千太郎が、そのすっきりした目を由布姫に向けた。

「な、なんです？」

「いや、なんでもない、ちと見つめたかっただけですよ」

千太郎の言葉に由布姫は顔を赤くする。

「なんです、こんなときに戯言を」

「いや、本気ですよ」

わっははと大笑いをする千太郎を、由布姫は困ったなかにも、うれしそうに瞳を輝かせている……。

四

市之丞は、自分がなにをしたらいいのか、いまだに判然としない。

それでも、千太郎の言いつけだ、まじめにやるしかないと諦めの境地であった。なにしろ志津にまで笑われているのだ。

「良く似合います」

「む……それは嫌味ですか」

「違いますよ」

市之丞は、香川屋で前垂れをつけて、小僧のような格好をして働いているのだ。それも、寛平と名乗っているのだった。

千太郎の命《めい》だから、逆らうわけにはいかないが、なにしろ、自分がどんな役割なのか、それが不明である。

とにかく、私が寛平ですといって働け、といわれてから、仕方なく木綿のお仕着せに、茶色の前垂れという格好をしているのだった。

千太郎は、敵がそのうちボロを出すから、それまで我慢しろ、という。

敵とは誰か、と問うのだが、気にするなと笑うだけである。そんな話があるのか、と思うのだが、仕方がない。

それよりなにより、不機嫌なのは、段平である。

自分の息子が帰ってきたと思え、といわれたところで、はいそうですか、とは答えられない。

だいたい、こんなことを考え出した千太郎という男は何者なのだ。

少々背格好が似ているからといっても、顔は似せることはできない。

そこで、少々怪我をしてしまったということにして、顔を手ぬぐいで隠させたのである。

それに、もともと寛平は店に出ることはなかった。だから、顔をはっきりと知っている客も少ないのは、幸いだったのである。

脅迫状は、それから来ていない。

一度目の文《ふみ》には、身代金を払え、と書いてあっただけで、金額も、どこでどんな手段で払わせようとしているのか、まったく書いていなかった。

じつにずさんな脅迫状だ、と千太郎は大笑いである。

段平は、二度目の脅迫状が来ないのは、偽の寛平がいるからだ、と怒り狂う。

「このまま寛平が殺されでもしたらどうする！」

千太郎は、それを聞いて、

「それはあるまい」

「なぜです」

態度の横柄《おうへい》な千太郎に辟易《へきえき》しながら段平は問う。

「考えたらわかる」

「わかりませんや」

侍に対する態度ではないが、それほど怒っているということを表そうとしているのだろう。

市之丞は、慣れない洗い物などをやらされていた。

最初のうちは、ぶつぶつ文句をいっていた段平だったが、いままでひとりで切り盛りをしていたところに、手伝いが入ったのだから、仕事は楽になる。

「たまには、お前さんのような男がいても、いいかもしれねぇ」

と、呟くほどになっていた。

その声を聞いて、千太郎は意外そうだった。

どうして、そんな顔をするのか、理由はいわないので、市之丞にしても由布姫にしても、訝しげではあったが、敢えて問い詰めることはしない。

千太郎には、それだけの思惑があるのだろうと読んでいるからだ。

そして、市之丞が、働き始めてから、八日が過ぎた……。

「脅迫状が来た！」

市之丞が、額に皺を寄せて飛んできた。

「とうとう、身代金の指定をしてきました」

「どういってきたのだ」

市之丞が語りだした。

それによると、身代金は五十両。

二日後、初音《はつね》の馬場に持ってこい、という内容だったらしい。

「誰に持ってこいと書いてあったのだ」

「雪さんに持たせてこいと、もちろん、ひとりだけでです」

「ふぅむ」

千太郎は、訝しげな目つきだ。

「なにかあるんですか?」

「寛平を誘拐したというておるのに、まったく関わりのない雪さんに持ってこいとは不思議な話ではないか」

なるほど、と市之丞は得心する。

「確かにおかしな話ですが……」

裏がありそうだ、という目つきをする。

「まぁ、いいだろう。敵がそういってきたのなら、そうするさ」

「まさか、雪さんにひとりで行けと？」

「不服か？」

いたずらっぽい顔つきをする千太郎に、市之丞は、そんなことはない、と答えたが、

「しかし、危険ではありませんか」

「心配はいらぬ」

千太郎もどこかで隠れて加勢をするから安心しろという顔だった。

「でも、その五十両は誰が出すのです？」

「本来なら、段平であろう」

「脅迫状は、段平のところに来ているのですからねぇ」

「もっとも、はいそうですか、と出すかどうかは定かではないな」

「おそらくは、拒否をすると思います」

「それも、おかしいと思わぬか」

「なにがです」

「自分の息子が誘拐されているのではないか。もう少し、大騒ぎをすると思わぬか？」

「いわれてみたら……」

千太郎は、段平は同じ穴の狢《むじな》ではないか、と見当をつけていると思えたが、市之丞は、そうは見えないと感じていた。

「なぜだ」

「ときどき、どんぶりを落としたり、味加減を間違ったりしていました」

「誘拐された寛平が心配だからだと？」

「そう見えました、私には……」

「そばで働いていたせいで、同情の気持ちが生まれたかな？」

千太郎は、薄笑いをする。

「そうではありませんよ」

市之丞は、頰をふくらませた。

「狂言がうまく進んでいるかどうかを心配していた、ということも考えられるのではないか？」

「疑えばきりがありません」

なるほど、と千太郎もそれ以上は語らない。

「まぁ、いずれにしても、二日後には判明することだ……」

はい、と市之丞は唇を嚙み締めた。

ふたりがそんな会話を交わしている頃、由布姫は、とうとう怒りが沸騰してしまったようであった。

つきまとう八幡京之介についてである。

志津とふたりで、京之介を待ち伏せをして捕まえようという話にまとまっていたのである。

「あ奴はなにを考えているのです」

「姫さまをお守りしようとでも？」

「それが大きなお世話だというのです」

「京之介さまは、剣術指南番ですからねぇ」

「だからといって、私の行動に立ち塞がってもいいということにはなりません。目障りで仕方ありません」

取り敢えず、片岡屋には額が出て手の長い侍は、自分に関係する者だ、と弥市たちの誤解は解いてある。

その気遣いはいらなくなったのだが、そこで話が終わっていないから、由布姫はイライラしているのだった。

京之介は、いかにもしれっとした顔で由布姫の前に立っていた。

「京之介、どうしてつきまとうのです」

「これはしたり、私は姫の安全を確かめるためにいるのです」

飛び出た額を昼の光にてらてらさせている。

「それが余計なことだと申しております」

「どうしてでしょう。私が姫さまの警護をおこなうのは、当然のことでありませんか。どこに不都合がありますので？」

「目障りです」

「無視をしていただければよろしいかと」

聞く耳はまったくないらしい。

姫思いの家臣として褒められるはずだと、自分の気持ちのなかで決めつけているようである。

由布姫は、眉をひそめながら、

「私のことは放っておくのです」

「そうはいきません」

自分は、剣術指南番、いつも身の周りの危険から守る、というのである。

「ですから、危険などありませぬ」

「いえ例のぼんやりとした男が……」

京之介は、由布姫の目を不服そうに見つめる。

「聞き捨てならぬことをいおうとしましたね……例の男とは誰のことです」

「姫さまも、気がついているはずです」

おそらくは、千太郎のことだろう。しかし、由布姫は、わざと気がつかぬふりをして、話を進めた。

「一向にわかりません」

「……では、敢えていいましょう。あの、片岡屋なる書画、骨董、刀剣屋で、目利きをしている千太郎なる男です」

「どこが危険なのです」

「第一、なまえが怪しい」

「名前が？」

「姓は千、名は太郎、などと申しているというではありませんか」

「それのどこが危険なのです」

「加えて、自分の過去がわからぬとか」

「なにかの災難にあったのでしょう。奇禍にあったために、突然、己のこともわからなくなる、という話を聞いたことはありませぬか」

京之介は、ふっと口を歪ませた。

「信じられませぬな、そんな話は」

「私は信じます」

「あの男は、姫さまに危害を与える男に間違いありません」

「どうしてそんな断定ができるのです」

しだいに、由布姫の顔は真っ赤に染まってきた。千太郎の悪口はこれ以上聞きたくない、という目つきである。

しかし、京之介の言葉は続いた。

「あの者は、騙《かた》りです」

「なんですって?」

「なにか目的があって姫さまに近づいている。裏があると私は睨みました」

「どんな裏があるというのです」

「いまは、まだはっきりとした裏付けはありませんが、そのうち必ずや……」

「余計なことです」

しかし、京之介は頭を下げると、さっさと由布姫から離れて行ってしまった。残された由布姫は呆然と京之介の後ろ姿を見つめているだけである。

「姫さま……」

「志津……なんて男でしょう」

「姫さま、まさか八幡さまの言葉を信じるわけではありませんね」

「当然です」

志津の頭のなかには、市之丞があるのだ。

もし、千太郎がなにか悪事を働くために、自分たちに近づいてきたのだとしたら、市之丞にも同じことがいえよう。

そんなことになったら、ふたりの仲も壊れてしまう。

由布姫、志津の主従は呆然と立ち尽くしているだけである。

五

雪こと由布姫は、ひとりで初音の馬場に向かった。

初音の馬場は、神田川沿いにある郡代《ぐんだい》屋敷のそばだ。

本来は、馬の訓練をする場だが、空いているときには、近くの紺屋の反物が風になびく光景が広がっている。

遠くに火の見櫓《やぐら》を見ながら、由布姫は神田川沿いから、郡代屋敷の横を通りぬけ、初音の馬場に入っていく。

金銭の受け渡しをする場所は、細かく指定されているわけではない。ただここを使うのは、周囲が見渡せて、由布姫以外の誰かが隠れていたらすぐ見つけることができるからだろう。

由布姫は、京之介から小太刀の腕を磨いた。

それだけに、少々のことでは倒されない、という自負がある。

千太郎は、どこかで見守っているはずだ。それだけに、堂々とした態度で歩いていく。

囲いの一角に、杉の木が伸びている場所があった。

由布姫は、その陰に身をおいた。

見渡したところ、身代金を取りにきている姿が見えなかったからだ。

約束は申《さる》の下刻《げこく》。

すでに四半刻は過ぎている。

だが、相手の姿は見えない。

由布姫は、木の株に腰を下ろした。

見通しが利く場所だからといっても油断はできない。矢でも射かけられたら困ると、目配りを怠らずにいると、

「来た……」

正面の方角から、数人の姿が見えてきた。

よく見ると、受け取りにきた数は三人だった。

ひとりは、町人のように見える。

だが、残りは浪人らしい。

どうして、寛平などを誘拐するだけで、浪人がふたりも仲間になっているのか？

由布姫は、首を傾げた。

もっとも、悪事を働くためには、剣術の腕を持つ者がいたほうがいいのだろう。

浪人ふたりは顔をそのまま見せているが、もうひとりは顔をほおかぶりで隠していた。それがこのかどわかしの首領なのだろうか。

それにしては、体つきも弱々しく見える。

最初に、ほおかぶりの男がそばに寄ってきた。

「どうやら、誰も仲間はいないらしいが」

刻限に遅れたのは、由布姫がひとりかどうかを確かめようとしたからのようだ。その程度の慎重さは持ち合わせているということだ。

「金は持ってきたのか」

「ここに……」

由布姫は、懐から袱紗《ふくさ》包みを取り出した。

「ついて来い」

「どこに行くのです」

「いいから、来るのだ」

ほおかぶりの男は先に歩きだした。

足元を草が触れ、あまり気持ちはよくない。

先頭をほおかぶりの男が行き、浪人ふたりは、由布姫を左右から挟むような格好で歩いている。これでは、逃げ出したくても、無理だ。

千太郎はどこにいるのか？

由布姫は、それとなく見回して見る。

だが、猫の子一匹いない。

さすがに、不安に駆られてきた。

ほおかぶりは、神田川の方向に進んでいく。

柳原の土手に出ると、佐久間町の方向に足を向けた。

ときどき後ろを見て、由布姫がついてきているのか確かめるのだが、そのときの目つきが好色に見えて、体が震えた。

土手に植えられた柳の木が風に葉を揺らしている。さわさわという音が、由布姫の不安をさらに増長させた。

こんなときは、あまり余計な音は聞きたくない、と由布姫は心で呟く。

神田川の流れは、夏の夕刻の光に照らされている。竹竿売りがのんびりとした掛け声で歩いて行く。のどかな情景が、皮肉だった。

「お前は武家か」

いきなり声をかけられた。

右どなりにいる浪人だった。

返事をせずにいると、浪人は頰を歪ませながら、

「その足さばきは、なにかあったらすぐ戦える歩きだ……」

「………」

ここで言葉を発すると、敵の術中に落ちてしまうだろう。

そんな言葉は無視をするに限る。

由布姫は、知らぬふりを通し続けた。

「ふん……まぁいいだろう。あの馬鹿な男がどんな面を見せるのか、楽しみが増えたというものだ」

この浪人は、ほおかぶり男をあまり好んではいないらしい。言葉にどこか蔑《さげす》みが見える。

「お前なら逃げられるだろう」

そういうと、すうっと離れた。

ふと横を見る。

浪人は、由布姫から離れただけではなく、なんと後ろに下がっていったではないか。

どうするのか、と見ていると、小さく手を上げると、そのまま横丁に入っていってしまった。

「おい！」

由布姫の左側を歩いていた浪人が、慌てて呼び返そうとしたが、すでに姿は消えて
「何者だ……」

しまった後だった。

「なんだ、あいつは……」

左側の浪人は、由布姫に目を向けた。

「なんの話をしていたのだ」

「なにもしてません」

「そんなことはあるまい」

「名前を聞かれただけです」

「……そうか」

その浪人は、かすかに疑いの目は見せたが、それ以上は突っ込んではこなかった。

見る目がないのか、と思ったが、そうではないらしい。

さきほどの浪人よりは、剣術の腕は上に見える。腰の据わりが違うのだ。足さばきも、水の上を歩くようで、上下動が少ない。

戦いの上では有利な動きなのだった。

この浪人は油断ならぬ……。

一見、ぼんやりしているようだが、それを鵜呑みにはできない。

由布姫は、浪人の動きから目を離さずにいようと思った。

佐久間町に入ると、長屋にでも入るのかと思ったら、そのような素振りは見せない。

どこに行くつもりだろうか。

すでに、四半刻は歩き続けている。

声をかけて、どこまで行くのかと質問しようとしたが、ほおかぶり男はまったく振り向こうとはしない。

およそ身代金を取りにきたという後ろ姿ではない。

そのまま進んでいくと、三味線堀に出る。

ほおかぶり男は、堀の前で右側に入っていった。

とっつきに、小さな小屋があった。そこに寛平がいるのかもしれないが、それにしては、初音の馬場からは遠いところに監禁しているものだ。

由布姫は、首を傾げる。

途中から、駕籠が由布姫を追い越したり、後から来たりとうるさい。

もうちょっと離れてくれ、といおうとして駕籠かきの顔を見て由布姫は目を瞠《みは》った。

先棒が弥市で、後棒が弥市の密偵として働く徳之助《とくのすけ》なのだ。

とすると、乗っているのは千太郎だろう。

由布姫は、驚きの目つきから、すぐ笑いに移り、最後は安堵の顔になった。

さすがに、ひとりでは心もとない。

浪人の腕を考えると、やはり不安があったからだった。

六

駕籠のなかから千太郎は、由布姫の行動を見ていた。

思ったより落ち着いているので一応は安堵したのだが、横を歩く浪人の姿に目が釘付けになった。

あれは出来る……。

腕の振りは狭い。

足運びにも隙がない。

由布姫が戦っても、おいそれとは勝てる相手には見えないのだ。

この江戸には、腕の立つ浪人がいるものだ、と千太郎は、垂れを通して見ていたのだった。

やがて駕籠が止まった。

「どうした」

千太郎の問に、先棒を担いでいた弥市が寄ってきて、垂れを上げると、

「千太郎の旦那……あれを」

手を伸ばした先に、小さな小屋があった。

「あそこに入って行きやした」

「誰のものかな」

「さぁ……近所の者が使っていた道具小屋かなにかでしょう」

そうか、と千太郎は頷いている。

「乗り込みましょうか」

「いや、待て」

「でも」

「もう少し様子を見よう」

千太郎は、小屋の周辺を窺った。

「ほかに見張りはいないらしいな」

「へぇ、やつらだけのようです」

と……後棒を担いでいた徳之助がううむ、と唸ってその場にへたり込んでいる。

「どうしたのだ」

「あ……肩が痛くて」

徳之助は、普段は女を騙して飯を食っているような男だ。力仕事はまったく縁がない。それなのに、駕籠かきをさせられて、まいっているのだろう。

千太郎は大笑いしながら、

「たまには、力を使わぬと、体がおかしくなるぞ」

「冗談じゃありませんや。こんなことをしていたら、体がぶっ壊れてしまいます」

「とりあえず、ここまでだ。安心しろ」

肩から二の腕を揉みながら、徳之助は、あっしはここで失礼しますと、いって返事も待たずにいま来た道を戻っていってしまった。

「ち……しょうがねぇ野郎だ」

「まぁ、いいではないか。ここまで担いできたのだ」

弥市は、へぇと腰を曲げるが、当てにならねぇ、とぶつぶつ言い続けている。

「いっそのこと、市之丞にやらせたらよかったのではないか」

「まさか、お侍さまにそんなことはさせられませんや」

千太郎はふむ、と頷きながら、

「小屋のそばまで行ってみよう」

そろそろと前に進みだした。

「それにしても、よくわからねぇ」

弥市が呟いた。

「どうした」

「こんな夏の夕刻に、いくらほおかぶりで顔を半分隠しているとはいえ、やることがずさんだとは思いませんか」

「いいところに気がついたな」

「では、旦那も？」

「あぁ、だから、連中はそれほど悪いことはしていない、ということなのではないか、と睨んでいるのだ」

「といいますと？」

「かどわかしなどは狂言、ということだ」

「ははぁ……あそこの蕎麦屋の親子が手を染めていると？」

「しかし……」

「なんです？」

「その動機がわからぬ」

「へぇ……確かに、目的がわからねぇ」

「とにかく、押し込もう」


千太郎と弥市が小屋の前に着こうとしているとき、なかでは由布姫が、縛られた寛平を見ていた。

寛平は、小屋のなかにだらしなく転がっていたのである。だが、なぜか顔色はいい。監禁されていても、良い待遇をされていたのだろうか？　由布姫は怪訝に感じた。

先頭を歩いていたほおかぶりの男が寄ってくると、

「さぁ、金をもらおうかい」

手を出して催促をする。

「その前に寛平さんを解放してあげてください」

「寛平を？」

男は、にやにやと嫌な笑いを見せた。

「当然です」

「いいのかねぇ」

「どうしてですか。あなたたちは、寛平さんをかどわかして、お金が欲しかったのでしょう」

「まぁ、そういったようなものかなぁ」

ほおかぶりの男は、寛平のほうに目をやる。

寛平は、薄目を開けてこちらを見ている。だが、その目に恐怖の色はなく、由布姫はどこか変だと感じた。

やはり、これは狂言なのだろうか？

心で呟いていると、寛平の縄が浪人によって解かれた。

「これでいいだろう。さぁ、金をもらおうかい」

ほおかぶりの男は臭い息を吐き出す。

「いいでしょう」

由布姫は懐から、袱紗包みを取り出した。

「ここにあります」

差し出すと、男は、なぜか寛平に視線を送ると、

「俺と浪人さんとで山分けをしてもいいいんだな？」

寛平は立ち上がった。

「もちろん」

いままで縛られていた手の周辺を撫でさすりながら、由布姫の近くまで進んできた。

「わざわざ、済まなかったねぇ」

お為ごかしのようなお礼であった。

やはり、どこか変だ……。

由布姫は、少し下がる。

だが、後ろは羽目板でそれ以上、逃げる場所はない。

「おっと……逃げられては困るんだなぁ」

寛平は、まるでそこにいる男たちとは仲間のような目線を交わしている。

「あなたは？」

「ふふふ……」

寛平は、奈落の底から出すような声を響かせる。

「雪さん……」

「…………」

寛平の変わりように、由布姫は声も出ない。

いくら、狂言ではないかと予測していたとはいえ、それが本当のことだったという驚きが由布姫を支配している。

浪人が、静かに動きながら、由布姫の後ろに回ろうとしていることに気がついた。

なんとか、逃げようとするが、左側にはほおかぶりの男が待っている。

由布姫は進退極まってしまった。

それでも、怯《ひる》んだ表情を見せずにいるのは、さすがである。

だが、浪人が後ろから音もなく回って、由布姫を羽交い絞めにしたときには、さすがに慌てた。

そのままでは、なにをされるかわからない。

にたにたと、寛平が由布姫の前に立って、手を伸ばしてきた。指先が胸の隙間に伸びようとしたとき、

「待て！」

黒い影が、戸を蹴破るようにして飛び込んできた。

七

「な、なんでぇてめぇは！」

いまにも、由布姫の胸の隙間に指を差し入れようとしていた寛平は、飛び込んできた侍を見て、息を呑む。

同じように、由布姫も目を丸くしていた。

「そなた……」

額が異様に光っているのは、飛び込んできたときの汗だろうか。

さらに、長い手を伸ばして、由布姫を羽交い絞めにしている浪人の腕を摑んで、

「その腕を放せ……」

と凄んでいる。

「京之介……なにをしに来たのです」

「これはしたり……」

「私は、雪です！」

由布姫の名をこんなところで出されては大迷惑である。

さすがに、京之介も由布姫の気持ちには気がついたらしい。ふっと、肩の力を抜いてから、言葉を吐いた。

「……あ、はぁ、雪どのを助けに来たのではありませんか、なにをしに来たのか、とは、情けない」

由布姫は、千太郎はどうしたのか、と問いたいのだが、京之介に訊くわけにはいかず、我慢をしている。

「いつまでくだらぬ話をしておるのだ」

羽交い絞めをはずした浪人が、一歩前に出た。

由布姫は、京之介の後ろに目を動かした。

寛平は、なにが起きたのかという顔をしていたが、浪人の言葉で自分のやることを思い出したらしい。

「てめぇ、余計なところで出てきやがって！」

「あんたは寛平か」

「それならどうだってんだい」

「この……おゆう……雪さんを手籠《てご》めにしたくて、こんな狂言を考え出したとしたら、まったく間抜けとしかいいようがないな」

「なんだと！」

「叫んでいるだけでは、猿でもできるなぁ」

「この野郎……」

京之介の態度に、由布姫は呆れている。その語り口はまるで、千太郎そっくりだったからだった。

こんなに、惚《とぼ》けた男だったのか、という驚きでもあった。

それにしても、千太郎はなにをしているのか……？

事態はどんどん進展していくのだったが……。


じつはその頃、千太郎は裏口を探して、表の戸口ではなく、裏に回っていたのであった。

「旦那……おかしなことが始まっているようですが」

ふたりは、小屋のなかで怒声が飛び交っていることに気がついていた。千太郎も、苦笑いをしながら、

「どうやら、誰かに先を越されたらしい」

「誰なんです？　あの声は」

「さぁなぁ……」

羽目板から聞こえてくるだけで、顔は見えない。だからどんな連中がやりあっているのか、ふたりには不明なのだ。

「なかに飛び込みましょう」

「いやいやもう少し、様子を見ても面白そうだ」

「しかし、雪さんが……」

「なに、大丈夫だろう」

千太郎の落ち着きに、弥市は気が気ではない。

「踏み込むにしても、どこから入ろうというのだ」

「もちろん、どこぞのサンピンが入り込んだところでさぁ」

「サンピンとは限らぬぞ。腕自慢の町人かもしれぬ……しかし、がつんと大きな音がしたときには、驚いたなぁ」

表のほうで、大きな音がしたと思ったら、板戸でも蹴り倒したのだろうか、そこから、誰かが飛び込んでいくのを感じたのだ。

裏にいて、そんな気配を察知しただけである。したがって、どんな者が助けに入ったのか、千太郎たちには、顔や姿は見えていないのだった。

それだというのに、千太郎が落ち着いているので、弥市はいらいらしているのである。

「そんな他人事《ひとごと》のような……お雪さんが危険にさらされているんですから」

「だから、心配はいらぬと申しておる」

「さいですか」

弥市は、お手上げという顔をした。

八

由布姫は、京之介の後ろに回って、敵から離れている。

「女は逃げてもいい」

浪人が静かに口を開いた。

それを見て、寛平は、だめだ！　と叫んだ。その瞬間、ほおかぶりをしていた男が、由布姫のそばに擦り寄った。

その瞬間、京之介が素早く動いた。

あっという間に、男はその場に転がってしまった。

それを見て、寛平は口をあんぐりと開けている。転がった本人も自分になにが起きたのか、わからないことだろう。

それほど鮮やかな手口だった。

「なるほど……」

浪人が、口を歪ませた。

「ひとりで飛び込んで来るだけのことはある。だが、その二枚目ぶりもそこまでだ。しかし、このなかでは戦うには狭すぎる。表に行こう……」

浪人の申し出に、京之介は小さく頷くと、一緒に外に出た。

寛平はその間隙を縫って、由布姫に手を出そうとしたが、

「無礼者!」

由布姫は、小さく叫ぶと、

「えい!」

手をひねって、その場に投げ飛ばした。寛平は、その場で昏倒してしまった。

まさか、女に無礼者などと叫ばれるとは夢にも思ってはいなかったことだろう。

その叫びを浪人は聞いていたのか、ふと怪訝な目つきになった。だが、京之介がそれ以上、考えさせまいとしたのだろう、

「いざ!」

ぎらりと刃を抜いたのである。

それによって、浪人の意識は由布姫の言葉から離れることになった。

「どうもお前たちはおかしな感じだな」

浪人が呟いた。

「なにがだ」

「ただの鼠じゃなさそうだということよ」

「そんなことは気にするな」

「もちろん、せん」

「尋常に勝負するのだ」

「お前は、どこぞの剣術使いだな」

「…………」

「その物腰は、ただの剣客とは思えぬところがある」

「そうか」

「まぁ、そんなことはどうでもいい。俺は強いやつと戦えるならそれだけでいいのだからな」

「ほう……剣術はどこで修行したのだ」

「一刀流だ」

「なるほど……」

剣客同士の対話とはとても思えぬほど、ゆったりした空気が流れている。

そこに足音が聞こえた。

千太郎と弥市が裏から戻ってきたのだった。

浪人は、千太郎と弥市を見咎める。

「またおかしな者どもがやってきたらしい」

京之介は不愉快な目で千太郎を見詰めた。

「おぬし邪魔をするなよ」

声をかけられた千太郎は、にこりと笑みを見せる。

「そんな野暮なことはしませんよ」

安心してくれ、とでもいいそうな顔つきだった。

そのあっけらかんとした雰囲気に、京之介も浪人も、啞然とする。

「ところで、そこの浪人どの」

千太郎が声をかけた。

「なんだ」

「おぬしの名前は？」

「……どうして答えねばならぬのだ」

「それはだな……おぬしが負けたときに、介錯《かいしやく》をせねばならぬからだ。そのときに名無しでは困るではないか」

「なにぃ？」

「俺が、この男に負けるだと？」

「違う、違う。この私にだ」

その言葉に、今度は京之介がいきり立った。

「なんだって！」

千太郎は、その場にそぐわない大声で笑った。

「わっははは。ふたりともちと怒りっぽいようだなぁ」

「やかましい！」

浪人は、肩を怒らせて、

「お前たちこそ、負ける相手の名を知らぬままでは困るだろう。俺の名は、中丘信玄《なかおかしんげん》というのだ」

「信玄だって？　それはまた剛毅な名前をつけてもらったものだのぉ」

千太郎が、揶揄をする。

「ふん、そのような誘いには乗らぬは」

怒らせて、腕を鈍らせようとする千太郎の狙いは外れたらしい。

「さすがは信玄どのだ」

中丘はちっと舌打ちをしてから、千太郎に目を送る。

「お前は、剣客とはまた違う佇《たたず》まいだが、何者だ」

「別に、何者でもない。ただの、書画、骨董、刀剣などの目利き屋さ」

「目利き屋だと？」

中丘は、そんな話は信じることはできん、と苦笑した。

「ただの目利きがそんな偉そうな態度を取るものか」

「そんなことをいわれても、真実だから仕方がないのだなぁ」

千太郎は、あくまでものんびりとしているのだった。

そんな態度に、京之介はさらに文句をつけ始める。

「やかましい！　どこぞに行け！」

中丘から、自分が負けるといわれて、腸《はらわた》が煮えくり返っているらしい。

そんな態度を見て、千太郎はまた落ち着かせようとしたのか、

「まぁまぁ、あまり気にするでない」

「なにぃ？　まるでどこぞの殿さまのような喋りかたをするものだ」

そばで聴いている由布姫は、冷や冷やしている。千太郎が本当に、稲月藩の若殿だ

としたら、京之介がそのような口の利き方をしたら、手打ちになっても文句はいえない。

気が気ではないのだが、だからといって、京之介にそんな話をするわけにはいかず、じりじりするしかなかった。

千太郎は、由布姫の胸のうちを知ってか知らずか、相変わらずいつものとおり、のんびりした応対だ。

「まぁ、こんな私のことなど気にせずに、まずは戦ってみたらどうかな」

「いわれるまでもない」

京之介が、中丘に体を向けて、青眼《せいがん》に構えた。

中丘も、青眼に構えてお互いの目にぴたりと視線を合わせた。

そのまま対峙するかと思われたときであった。京之介が先に動いた。

中丘も動いた。

ふたりの剣と体が交差する。

京之介は右から左下へと袈裟《けさ》に斬り裂く。中丘の剣はそれを避けて、一度、鎬《しのぎ》の部分で跳ね返し、その反動を使って、左下から右上に向けて、斬り上げた。

京之介には、その剣の動きがしっかり見えている。

「むん！」

体《たい》を躱《かわ》して逃げようとしたとき、

「そこだ！」

中丘の切っ先は斬り上げたと同時に、京之介の喉目掛けて突きを入れてきた。その流れるような動きに、一瞬、京之介は目を外されたが、さすがに剣術指南番、体を後ろに倒してそれをうまく躱した。

「そこまで！」

京之介が反撃を与えようとしたとき、大声が上がった。

「なに？」

後ろから、千太郎が京之介の体を横に押しつけて、

「もう、よい。私に任せるのだ」

「な、なんだって？」

京之介は、なにが起きたのだという目つきで、千太郎を見詰めた。

「後は私に任せよ」

同じ台詞《せりふ》を千太郎が吐いた。

その目には慈しみの色が含まれている。さらに、威厳と高貴な温かみ……。

思わず、京之介は頭を下げながら、

「あの……」

「よい、下がれ」

その言葉はまるで城主にいわれているようであった。

不思議なことに、京之介の心に、反発はまったく生まれてこなかった。自分の身になにが起きているのか、よく把握することはできていないが、なにか、暖かな太陽に包まれているような思いがしたのだ。

離れて京之介と中丘の戦いを見ていた由布姫に視線を送ると、その瞳もやはり輝いている。

これは、私の出番はない――。

身分がまるで違うようだ。

京之介は、そこでなにかに気がついたように、はっと息を呑んだ。

「京之介……気がついたことを口にしてはならぬ」

千太郎の静かな声が耳元で聞こえる。

「は……」

思わず、頭を下げてから、顔をふたたび見ると、その目はやはり陽光のようであった。

一度、目線を交差させると、千太郎は中丘に向けて進んだ。

「さて……中丘とやら。今度は私が相手だ」

「ふん……なにをふたりで会話していたのか知らぬが。それにしても、おぬしは何者」

「だから、ただの骨董屋の目利きだと申しておる」

「……まぁいいだろう。命が骨董にならぬように気をつけるのだな」

千太郎は答えずに、鯉口《こいぐち》を切り刀を抜いた。

九

「なるほど、強そうだな」

「それがわかるということはすばらしい」

「口の減らぬ御人《おひと》だ」

「ときどきそういわれる……」

「やかましい！」

千太郎の柳に風のような態度に、中丘は焦れたらしい。

上段に構えたまま、千太郎に近づき始めた。

千太郎は、下段に構えてすり足で少しずつ後ろに下がったと思ったら、

「きえ！」

いきなり前に飛んだ。

「こしゃくな！」

中丘が、右に薙払《なぎはら》いながら避けた。

千太郎は体を左に捻りながら、右袈裟に斬り下げた。

だが、敵も流石《さすが》である。千太郎の鋭い切っ先を避けて、さきほど京之介に見せたと同じ突きを、千太郎の喉首目掛けて伸ばしてきた。

並の剣士ならそこで、首を突き刺されていたことだろう。だが、千太郎はひょいと首を曲げてそれを逃げた。

「なに？」

千太郎の意表をつく動きに、中丘の剣筋がかすかに狂った。

「そこだ」

隙のできた胸元に、今度は千太郎の剣先が伸びて、首の皮一枚のところで止まって

いた。

「これで中丘さんの負けだな」

中丘は動けずに、脂汗を流していた。

半刻の後——。

寛平は千太郎の威厳ある言葉に、きつく叱られていた。弥市は、捕縛しようとしたが、

「自分で自分の首を締めたのだから、勘弁してやれ」

という千太郎の裁きで、仕方なく一度縛り上げた体を解き放った。

ようするに、雪に惚れた寛平は、なんとか雪の体を自分のものにしたいと考え、今度のような狂言を思いついたというのである。ほおかぶりの男は、香川屋の客で破落戸《ごろつき》であった。

「ばかなことを……」

由布姫は怒り心頭だが、千太郎に説得されてしまった。世の男とはそのようなものなのだ、というのだ。

「ということは、千太郎さんも同じだということになりますが」

「まったくそのとおり」

屈託のない千太郎の顔に、由布姫は呆れてしまい、怒ってその場から帰ってしまったのである。

残された八幡京之介は、道の端に膝をついていた。

「これ……そんなところにいたのでは、話ができんではないか」

「しかし」

「よいから、こちらにこい」

「は……」

腰を曲げて伺候してきた京之介に、弥市は目を瞠っている。

「千太郎さんは、そんなに偉いんですかい？」

思わず、そんな言葉がついて出た。

「なに、あのまま戦っていたら、自分が負けたことを知っているから、あんな態度を取っているだけさ」

千太郎の言葉が真実かどうか判断のつかぬ弥市であった……。

「旦那……結局、今度の狂言話を書いたのは、寛平の野郎だということでよろしいので？　親父の段平は関わりはなかったと？」

「そこは私の見立て違いだったらしい。市之丞に謝らねばな」

わははは、と千太郎の笑い声が三味線堀に流れていく。

そこに、徳之助が戻ってきた。

「旦那……事件ですぜ」

「またか？　今度はなんだ」

徳之助は、いきなり千太郎に斬りつけてきたのである！

第二話　看板娘

一

「なにをする！」

いきなり徳之助が斬りつけてきた。

千太郎は、驚き叫びながら体《たい》を躱して、

「どうしたのだ！」

八幡京之介が慌てて、かばうように千太郎の前に出て、盾になった。

「へへへへ」

徳之助は悪びれずに、

「すみません……」

弥市がそばに寄ってきて、

「なにをやってるんだい！」

顔を真赤にして徳之助を怒鳴りつけた。

「申し訳ねぇ。じつは最近、ある剣術の先生につきましてね」

「なんだと？　腕を試したのか」

「まぁ……そんなもんでして、へぇ」

「なんてぇ野郎だ。肝を冷やしたぜ」

徳之助は、頭をかきながら、

「千太郎の旦那……あっしの腕はどんなもんでしょうかねぇ？」

しれっとして、訊いた。

千太郎は苦笑しながら、

「まだまだだな。それでは、蠅も落とせまい……」

「あぁまだ、そうですかい」

徳之助は、女物の着物ではないかと思われるほどの派手な裏地を風に翻しながら、

「しょうがねぇなぁ」

情けない顔をした。

「やい、さっきは途中で消えておいて、事件とはなんでぇ。それも嘘かい」

弥市は、脂汗を流しながら訊いた。いくらなんでも千太郎に斬りつけようなどというおこないは許されるものではないと考えているようだ。

それは、八幡京之介という立派ななりをした侍が、自分より身分が上だという態度をとっているところから、なにか感じているようである。

「へぇ、それですがねぇ」

徳之助の事件というのは、ほとんど女絡みだ。いわば徳之助は、女を食い物にしているところがあるのだが、当の女たちは一向にそのように考えず、

「徳さんには、よくしてもらっています」

嬉しそうに語るのだから、それも才というものだろう。

「ある女を助けてもらいてぇんでさぁ」

「またか」

弥市は呆れ顔をする。

「てめぇの話はそればっかりだぜ」

「しかし、親分、それで手柄を立てているんですから文句はいえませんでしょう」

お為ごかしの笑顔を見せた。

弥市は、ちっと舌打ちをしながら、話を促した……。

浅草田町《たまち》にある水茶屋、おまさの看板娘に、お峰《みね》という茶屋女がいる。

今年、十七歳の番茶も出花。

両親はなく生まれは、上州《じょうしゅう》だと本人は語っているらしいが、定かではない。だいたいこのような店に勤める娘に本当のことをいう者はほとんどいない。

ひょっとしたら、お峰にしても本当の自分は隠しているのかもしれない。

それでも、男たちに人気があるのは、ひとえにその愛らしさと、どんな男にも差がなく笑顔を見せるからだ。

だから、たいていの男たちは自分に気があるのかと勘違いをしてしまう。もっとも男たちとしても、その笑顔は、客扱いの一つだとは知りながら、楽しんでいる。

しかし、お峰のそんな態度が気に入らない者がいた。

お蝶《ちょう》という名の今年、十八歳になる娘である。

住まいは山谷堀の近くで、父親は大工らしい。

江戸には、大工が多い。家屋が木造で火事が頻繁に起きている、ということと関係が深いだろう。

お峰ほどではないにしても、お蝶も二番手としての人気はあった。

だが、そのお蝶が近頃、お峰に嫉妬の炎を燃やし始めたらしいのである。その理由は、自分が惚れている下谷の両替商、佐渡屋の若旦那、誠太郎《せいたろう》がお峰に心を寄せ始めたことに由来するというのだった。

「女の鞘当てかい」

弥市は、吐き捨てた。

「おめぇの話は白粉《おしろい》臭くていけねぇ」

「親分も楽しんでいるでしょうに」

「そんなわけがあるかい」

弥市は、はっきりいって面倒な話はご免だ、と鼻を鳴らしながら、口を尖らせる。

徳之助は、まぁ聞いてくださいよ、と話を続けた。

「ふたりの仲がなんとなく険悪になっているんですがね、二日前、お峰が何者かに襲われたんでさぁ」

「怪我をしたのか」

「へぇ、右腕を折ってしまったそうです」

「その下手人を探せ、というわけかい」

「まぁ、そんなところでして」

ち……と弥市は舌打ちをする。

「たいして面白くもねぇ事件だな」

「どうしてです？」

「女同士の嫉妬争いだろう」

「親分、それが問題なんじゃねぇですかい」

徳之助は、女は常に可愛がらないといけない、というのが口癖だ。

「女同士の喧嘩だとしても、どちらかが怪我をしたんですからね、そのままにしておくわけにはいきませんや」

「やったのは、お蝶なんだろう」

「さぁ、そこが不思議なところで」

「なにが不思議なんだい」

徳之助は、訝しげな目つきで、

「お蝶はそんなばかなことはしない、と困っているんでさぁ」

「濡れ衣だと？」

徳之助は、そうだと頭を下げて千太郎を見詰めた。

黙って聞いていた京之介が、あからさまに馬鹿馬鹿しいという態度を取りながら、徳之助に訊いた。

「いったい、どっちの味方をせよというておるのかわからぬが、どっちなのだ」

その問いに、徳之助は苦笑いをする。

「あっしに、どっちというのはありませんや。しいていえば、女のために調べてもらいてぇ、ということでして」

「だから、どちらの女のためなのだ」

「ふたりともでさぁ」

京之介は、呆れ顔だ。

「ようするに、女のひとりは怪我をした。そして、もうひとりの女は濡れ衣だと泣いている。そのどちらも助けてほしい、とまぁ、そんなわけでして」

へへへ、と徳之助はいかにも女たらしの目でにやけている。

そこでようやく千太郎が口を開いた。

「どうだね、親分、この際そのふたりのために一肌脱いでみようではないか」

「旦那までそんなことを」

「私もおなごは好きだからなぁ」

わっはは、と笑う千太郎を見ながら、京之介はうんうんと頷いているのだった。

二

「千太郎君……」

佐原源兵衛は、真っ赤な顔で、迫っていた。

由布姫との祝言をどうするのか、と問い詰めているのだ。

久々に屋敷に戻ってみたら、このていたらくに、千太郎は、苦虫を嚙み潰したような顔をするしかない。

まさか、江戸の街中で出会った雪という娘が、その由布姫に違いないから、心配はいらない、とはいえまい。

喉元まで出かかっているのだが、そんな話をしたら、いま以上に怒鳴りつけられるに違いない。

源兵衛の気持ちもわからないではない。

千太郎が江戸の町で暮らしている間は、いつまで経っても、祝言の日を決めることができないのだ。

「そもそも、稲月家は……」

源兵衛のお家自慢が始まろうとした。

「わかっておる。東照神君家康様《とうしょうしんくん》から、関ヶ原《せきがはら》の手柄に対して、脇差をいただいた由緒ある家だというのであろう」

「忘れているかと思いました」

「まさか。子供の頃から何度となく聞かされていたのだ。耳にたこができるほどだ」

「そのようなたこなら、何匹飼っていても問題はありません。いや、むしろ成長させてもらわねば」

「ばかなことをいうな」

千太郎は、腰を上げようとした。

「どちらへ」

「帰るのだ」

「これはしたり。帰るとはこの屋敷へのことでございましょう」

「いまの塒《ねぐら》は、片岡屋だ」

「嘆かわしい……」

源兵衛は本気で涙を流し始める。拳が膝の上でブルブルと震えているほどである。

千太郎にしても、源兵衛の気持ちがまったくわからないものではない。だが、いまはまだ祝言を挙げる時期ではない、と考えているのだ。

いつその時期が来るのか……。

それは、千太郎自身でも判然とはしていなかった。

由布姫と千太郎が自分の身分を明かしたときか？

それとも、どちらかが正体を話したときか？

その日は来るのか？

いまは、お互いが身分を隠しながら、江戸の町でいろんな事件を解決する生活を満喫している。

それを、変える気持ちはまったくない。

由布姫にしてもそれは同じであろう。

もっとも、本当に、雪が由布姫であるとしてではあるが……。

「若君……」

「わかったから、泣き真似はやめろ」

「……ううう」

泣き声を上げながら、千太郎を窺っているのは明らかだった。

千太郎は、大きなため息をついて、

「もうよい、というておる」

「そうですか」

あっさりと、源兵衛は顔を上げた。

さっきまでの泣き顔はどこへやら、今度は、苦渋の顔つきに変化する。

「お前はよくころころ顔色を変えることができるものだ」

「それが仕事ですから」

「意味がわからぬ」

源兵衛は、そんな千太郎の言葉には、まともに返事を返さない。

「ところで、源兵衛。市之丞はどうした。近頃、顔を見ぬのだが」

「それでございます」

その話をしたかった、と源兵衛は背筋を伸ばして、

「若君がきちんと祝言に対する行動を見せてくれぬので、その煽りを食ってしまったのでございます」

「どういうことだ？」

「国許に帰っております」

「何故に？」

源兵衛は、ふうと息を吐いてから、

「国許では、祝言がいつになるのか、早く連絡せよ、と矢の催促です。そこで、仕方なく倅を送って、それまでの刻を稼ごうというわけです」

千太郎が悪いのだ、という目つきをする。

うううむ、と唸りながら千太郎は、そうであったか、と天を仰ぐが、

「まぁ、市之丞ならうまく収めるであろうな」

「……なんという他人事《ひとごと》」

「そんなことはない。どれだけ市之丞ができるか、心配しておる」

「そんなことではありません！」

とうとう、癇癪を起こしてしまった。

「わかった、もうよい」

いきなり立ち上がった千太郎は、そのますたこらと屋敷から逃げ出してしまった。

「まったく、いつぞやは夜逃げをしたかと思ったら、今度は、昼から逃げ出してしまった……」

源兵衛は呆れ顔をするが、それでも最後はにやりと笑ったのはどういうわけだった

のだろうか……。

屋敷から脱出した千太郎は、片岡屋には戻らずに、その足で弥市の住まいがある山之宿に向かった。

お峰の店を訪ねてみようと考えたのだ。

不忍池《しのばずのいけ》は今日も、水面を光らせている。

水鳥たちが、飛びかかっている。なかには、餌を嘴《くちばし》で捉えたまま水面を滑るように飛んでいく鳥もいた。

千太郎は、不忍池をぐるりと取り囲む通りを山之宿に向かう。

弥市が向こうから歩いてきた。少々がに股だが、それが強面《こわもて》な雰囲気を出している。

千太郎は、笑みを浮かべながら弥市をそばにある屋台の床几《しょうぎ》に座って待っていた。

十手は懐に隠してるが、どこから見ても、岡っ引きに見えるのはご愛嬌だろう。

通りのあちこちに目を配りながら、弥市は進んできた。

屋台に座っている千太郎に気がつき、驚き顔で寄ってくる。

「旦那……どうしたんです?」

「親分の顔が見たくなってな」

「ご冗談を。この辺になにか用事でも？」

「お峰という女がいる店に行こうと思う」

「なるほど」

お峰が勤めていた店のある浅草田町は、山之宿とは目と鼻の先だ。歩いても四半刻もかからない。

大川を背にして、ふたりは浅草寺《せんそうじ》の伽藍が見える方向に向かった。

山谷堀に続く掘割を渡るとそこが田町である。奥山にも近いために、人通りは多い。

掘割沿いに、その店、おまさは建っていた。

柱を立ててその上に、むしろを敷いたような簡素な店だった。これでは雨が降ったときには、ひとたまりもないだろう。

それでも、人気があるのは、ひとえにお峰のおかげだという。

千太郎は、周りを一度回ってみた。

「なにを探しているんです？」

弥市の問に、千太郎は返事はしない。いつものことだから、弥市もしつこくは訊かない。

「お峰はどこで襲われたのだ」

「店を出たとたんだったという話です」

「どこも隠れる場所はない……」

その言葉に弥市はあぁ、と得心した。襲った者が隠れていた場所はどこだろう、と弥市は同じように店の周りを見回した。

だが、正面は通りに面していて、後ろ側は掘割だ。身を隠しておけるような場所はなかった。

千太郎も、首を傾げた。

「誰かが待っていたとしたら、その顔は見ているはずだな」

「それとも、隠れ蓑でも着ていましたかねぇ」

「……親分も粋なことをいうな」

「旦那の真似をしただけです」

へへへ、と薄笑いをする弥市に、千太郎は、苦笑いを返した。

「隠れるところがないのに、それでも、襲われたというのはどういうことですかねぇ」

弥市が真面目な顔に戻る。

「顔を知っていた、ということだろう」

「なるほど、それなら隠れる必要はありませんや」

「常連の客だったということか……お峰がいるときに、店にいた。そして後を追っていった……」

「お峰の人気が気に入らねぇお蝶の仲間ということもありますす」

「考えられることだ」

店に目を移すと、三人ほどの客が座っている。相手をしているのは、おまさだろうか。少し年増《としま》の女だった。

千太郎は、弥市を促して店のなかに入った。

三

「いらっしゃいませ」

艶のある声がふたりを迎え入れた。

「お初ですね」

顔の大きな女だった。そばに立つと白粉の匂いが漂ってきた。弥市は、鼻を鳴らしながら、

「お峰について聞きてぇことがあるんだが」

「……おや。ご用聞きの親分さんで？」

「そう思ってもらってもいい」

客たちが、その会話を聞いていたのだろう、あからさまに嫌な顔をする。

「ちょっとの間だ」

弥市は、三人に声をかけたが、納得したかどうかはわからない。だが、それで会話をやめるような弥市ではない。

「お峰が襲われたのは店の前という話だったが？」

「前、といいますかねぇ。まぁ、少し観音様のほうに向かったときだったと思いますよ」

「ということは、店の前じゃねぇんだな」

「少しは外れていたはずです」

「そのとき、ねぇさんは……」

名前はなんだ、という目つきをする。

「わたしはおまさといいます」

お見知りおきを、とはいわなかった。

「じゃ、おまささん……そのときは見ていたのかい？」

「いえ、誰も見た者はいませんでしたよ。店から出て行って、すぐ血だらけになって戻ってきたんです」

「客のなかに不審な野郎は？」

「誰もお峰を追いかけていったような人はいませんでしたねぇ」

「そうかい」

弥市は千太郎に、もっとなにか訊くことはあるか、という目を送る。

「では、おまささん」

おまさは、訝しげに千太郎を見つめる。町方には見えないその佇まいに、どう応対したらいいのか、わからないという顔つきである。

千太郎は、そんなおまさの目を気にするふうでもなく質問をした。

「おまささん……お峰が襲われたとき、あんたはどこに？」

「この店にいましたよ」

「そのとき、働いていたのは？」

「私と、お蝶がいました」

「ふたりともお峰が襲われた瞬間は見ていないのだな？」

「ここで働いていましたからねぇ」

「誰か、その現場を見た者は？」

おまささは、少しためらいを見せた。

「しっかり答えねぇとおめぇも、ろくでもねぇことになるぜ」

弥市が十手は出さずに、手をひらひらと振った。まるで手の先には十手があるように見える。

おまさは、弥市の手の動きを見て、決心したのだろう、また口を開いた。

「お蝶を目当てに来るお客さんに似た人が、通りを走っていったという話を聞いたことがあります」

「誰なんだ、それは」

弥市が今度は本当に十手を振った。

だがおまさはなかなかその名を出そうとしない。

「おまささんに迷惑はかけないよ」

千太郎が、やさしい声をかける。それに釣られたのか、ようやく答えた。

「その人は……」

その名をいおうとすると、座っていた三人の客のひとりが、急に立ち上がって店から飛び出した。

弥市が十手を振りながら、追いかけた。

だが、逃げた男はやたら足が速かった。すぐ後ろ姿は見えなくなってしまったのである。

おそらくは途中で、どこかの路地に入ったのだろう。

それにしても足の速い野郎だ、と弥市は口を尖らせながら戻ってきた。

「野郎がその男だったのかい」

おまさは、目を伏せた。

「あの野郎は何者だ」

「お蝶の客で、仁太《じんた》という人です」

「なにをやっているんだい」

「飾り職人をやっています。住まいは、花川戸です」

「すぐそばじゃねぇかい」

はい、とおまさはまた沈んだ顔をした。

「お蝶はどこにいる」

「今日はお休みしてます」

「塒《ねぐら》は？」

弥市は、千太郎に伺いの目を送った。仁太とお蝶を調べようという顔つきだ。

おまさは、お蝶の家は、山谷堀の近くだと答えた。おまさの店からだと、花川戸と山谷堀は逆方向だ。

「旦那……どうしましょう」

「そうだな……お蝶が後ろにいるとしたら、仁太はお蝶のところに行ったのではないか」

おまさに問うような目を送るが、おまさは、首を傾げているだけだった。

千太郎は、少し考えていたようだったが、結局、お蝶の住まいに行こうと決めた。

弥市は、へぇ、と答えて、

「おまさ……店をたたんでしまうようなことはねぇだろうな」

「そんなことはしませんよ。生活できなくなりますからねぇ」

「ならいいが、客たちをかばおうなんて思うなよ」

「……わかってます」

最初の艶っぽい声は消えていた。

店から出た千太郎と弥市は、山谷堀に向かった。

大川を右に見て浅茅《あさじ》が原《はら》方面に進んだ。

「どう思います？　あのおまさという女は」

「なにか含む所でもあるのかな」

「いえ……どうも、あの落ち着きぶりが気に入らねぇ」

「親分が急ぎ過ぎなのだろう」

笑う千太郎に、弥市は舌打ちをしながら、

「そうですかねぇ。まぁお蝶を締め上げるだけでも、なにか聞き出せるでしょうから、いいんですがね」

弥市は、それでもあのおまさはなにか隠してるに違いない、と呟き続ける。岡っ引きの勘とでもいいたいのだろう。

お蝶の塒は山谷堀を渡ったところにあった。水の匂いがしているのは、大川と山谷堀に挟まれているからだろう。

すぐ後ろは寺で、寺男が箒を持って寺門の周りを掃いているのが見えた。

千太郎と弥市は、自身番に訊いて、お蝶の長屋に入っていく。

ドブ板を鳴らしていくと、井戸端に長屋の女房たちが集まって、話をしている。ご用聞きが入ってきたと気がついたのか、口が閉じられた。

　十手持ちが歓迎されることはない。

「ちょっと聞きてぇんだが」

弥市は、下手《したで》に出た。高飛車に応対をしてもろくなことはない。

だが、返事は誰からもない。

仕方なく、一番近くにいる女房に話しかけた。

「お蝶さんはいるかい？」

「…………」

返事はない。胡散臭《うさんくさ》そうな目つきをしているだけだ。

「ちょっと教えてくれねぇかい？」

本来なら十手を持ち出せばいいのだろうが、それでは、全員を敵に回してしまいかねない。女房連は団結すると恐ろしく抵抗をするのを弥市は知っている。

それでも、前にいる女は一度、後ろを向いて、仲間たちの顔を見ている。自分が喋っていいものかどうか訊いているのだろう。

みんなは、かすかに顔を左右に振っている。

だが、弥市はもうひと押しする。

「みんなには迷惑かけねぇよ」

それでも、答えはないのを見て、千太郎が前に進んだ。

雰囲気がその辺の侍とは異なる千太郎が出てきて、女たちは怯《ひる》んだ。

「この長屋は八軒長屋だな？」

「見たらわかるでしょう」

前にいた女が答えた。明らかに戸惑っている様子である。

「それはそうだ」

千太郎はぐるりと長屋を見渡す。

「ははぁ……」

またしてもにこりと笑みを浮かべると、

「わかりました、ありがとう」

「なんだって？」

前にいる女は不審な目つきをした。

弥市も、え？　後ろで声を出した。

「親分、行こうか」

「本当にわかったので？」

「もちろん」

そういって、千太郎はまた女たちを見る。

「ありがとう」

踵《きびす》を返すと、女たちは、ある者は前垂れで手を拭き、ある者は髪に手をやって不思議そうな素振りをしている。

「どうしてわかったんですかい？」

「なに、簡単なことだ」

「あっしには、さっぱりでさぁ」

「人をしっかり観察していればわかるのだ」

「はぁ……」

「一番前の女が教えてくれたのだ」

「……なにも喋っていませんが」

「目は口ほどに物を言いという」

「……あぁ、なるほど」

「気がついたかな」

弥市は、肩を揺すって答えた。

「わかったと嘘をついたときに、あの女の目が動いたんですね」

「さすが山之宿にこの人あり、といわれている親分だ」

「おだてちゃいけねぇ」

それでも弥市は、うれしそうに鼻を鳴らした。

四

お蝶の家は、井戸端に一番近い場所にあった。家の前に立った千太郎と弥市を女たちは不思議そうに見つめていた。

弥市は、障子戸を叩いた。

「お蝶さん、いるかい！」

返事はなかったが、家のなかでがたがたと音がしている。ひとりではなさそうだ。

弥市は、思いっきり戸を引いた。

「出てこい！」

心張り棒がかかっているのだろう、戸はびくともしない。やがて、どんという音が響いてきた。

千太郎と弥市は顔を見合わせた。

「蹴破るんだ！」

千太郎が叫んだ。

弥市が、思いっきり戸を蹴飛ばした。

「仁太だな！」

おまさの店から逃げた男の名を呼んだ。

「ぎゃ！」

女の叫び声が上がった。

「親分……一緒に」

千太郎と弥市が、掛け声を掛けあいながら、障子戸を思いっきり蹴飛ばした。

戸が外れてなかが見えた。

女が男に組み敷かれている図が見えた。

「やめろ！」

弥市が飛び込んだ。

「仁太！」

女に馬乗りになっている男がこちらを振り向いた。

違った。そこにいた男はおまさから逃げて行った仁太ではなかった。

「てめぇ、なにをしてやがる！」

弥市が部屋に上がる。

男は、真っ赤な顔をして弥市を睨むと、突進してきた。そのまま外に逃げようとしたところを、千太郎に押さえつけられる。

お蝶がはぁはぁと荒い息を吐きながら、外に出てくると、助かりましたといって、頭を下げる。

「手を離せ！」

男は、千太郎に逆手《さかて》を取られたまま、地面にうずくまっている。

知らない男だった。おまさにいた客の顔を思い出したが、そのなかにもいなかったような気がする。

千太郎たちを出し抜いてお蝶のところに来れるとは思えない。

「誰だいこの野郎は」

弥市がお蝶に訊いた。

「お客さんです。ずっと私につきまとっていた男で、万治《まんじ》さんといいます……」

「なにをやっている野郎だ」

「仁太さんの友人で、版木彫りをしていると……」

「そいつがどうしてここに？」

「私が今日休んでいることを知って、心配だから来たといって……」

「強引に入ったのかい」

「はい……」

　お蝶は、まだ息が戻っていない。

　弥市は、この男をどうしましょう、という顔で千太郎を見ながら、

「やい、てめぇは仁太の仲間だそうだな」

「それがどうした！」

　まったく悪びれもせずに、目を弥市に向けた。

「仁太はいまどこにいる？」

「そんなことは知らねぇ」

　ぎゅっと千太郎が逆を取っていた手に力を入れた。

　いてててて、と叫んで万治は悲鳴を上げる。

「どうだ、ちゃんと話さないと、もっと痛くなるがそれでもいいか」

「知らねぇものは知らねぇよ！」

泣き声に変わった。

「いそうなところは？」

弥市が、万治の顔を覗き込んだ。

「………」

千太郎は、また力を強めた。

「わかった、わかった……」

少し、力を緩めた。

「はっきりはしねぇが、野郎は今戸神社の裏に、隠れ家を持っている」

「隠れ家だと？」

「ちゃんとした家じゃねぇ。ただの小屋だ」

「今戸神社の裏だな」

「原っぱがあり、そこの端のほうにある」

「本当だな」

「だから、いまそこにいるかどうかは知らねぇ。いつもは、そこで博打を打ったりしているんだ」

弥市は、そうかい、と答えて十手を取り出すと、万治の頭をひと打ちした。万治は昏倒した。

それから、びっくりしたまま立ち尽くしている女たちのそばに行って、自身番にこの野郎のことを届けてくれ、と頼んだ。

今度は、誰も拒否をする女はいなかった。


今戸神社に着くと、千太郎は小さく頭を下げた。弥市も同じようにしながら、

「お蝶をあのままにしてきましたが？」

「仁太を捕まえたらそれでいい」

「そうですかねぇ」

「鍵を握っているのは、さっき逃げた仁太だろう」

「でも、お蝶が糸を引いていたとしたら？」

「それも仁太を捕まえたら判明するだろう」

「さいですか」

参拝客だろうか、足早にふたりのとなりをすり抜けていった。寺門の前では、飴屋が子ども相手に、軽快な口上《こうじょう》で笑わせていた。

魚屋の棒手振りが通り過ぎていく。そろそろ夕刻なのだ。

西の空がかすかに夕陽に染まっている。遠くに見える山並みに、赤い色がかぶさって見える。

今戸焼きの窯から立ち上る煙を目に止めながら、千太郎と弥市は、今戸神社の裏道を進んだ。


万治から聞いた小屋に、仁太はいなかった。そこで近所の自身番に入って仁太について訊くと、住んでいる長屋がすぐ判明した。

今戸長屋という名前の長屋だった。土地の名前がついていて、木戸に書いてあるからすぐわかるだろう、と番太郎は答えた。

小屋から一丁も離れていない場所に、今戸長屋があった。

確かに木戸に今戸長屋と書かれてあり、住んでいる者たちの名前が書かれた紙がベタベタと貼り出されてあった。

親切な番太郎が、仁太の家は、右側入ってすぐだ、と教えてくれたので、いちいち捜す必要はなかった。

戸を叩いて、いるかどうか確かめたが、音はしない。

「留守ですかねぇ」

弥市はそういいながら、二度、三度と叩いてみた。

誰も出て来る気配はなかった。

どうやら、ここにも帰っていないらしい。

「どうします？」

弥市が千太郎に問う。

「いるはずだ」

千太郎は、もう一度、戸を蹴飛ばそうと弥市を見る。

またか、という目つきをしたが、いまのままでは埒《らち》が明かない。弥市は、掛け声をかけた。

どんという音がして、戸が外れた。

弥市が先に足を踏み入れると、がたんという音が聞こえてきた。

「誰かがいます」

一度、足を止めた。

「仁太か！」

弥市が叫んだ。

黒い塊が吹っ飛んできた。

弥市は止めようとするが、塊はそれをすり抜け、千太郎に衝突して、転がってしまった。気がつくと、土間に人が倒れている。

顔を見ると、おまさの店から逃げ出した仁太に違いなかった。

「やい、立ちやがれ！」

弥市が手を引っ張って、引き起こす。

「うるせぇ！」

「おう、威勢だけはいいようだな」

仁太は丸い顔を弥市に向ける。どこかまだ子どもの雰囲気を残した顔だった。

「起きろ。話を訊かせてもらうぜ」

「話すことなんかねぇよ」

「あるかねぇかは、俺が決めるんだ」

弥市は、そういうと、思いっきり仁太の手を引いた。仁太は、いてててといいながら、仕方なく体を起こす。

「あんたは誰だい」

千太郎の顔をじっと見詰めた。

「お化けでも見るようだな」

千太郎が、頭をかいて答えた。

「そんなことはどうでもいい。どうして逃げ出したんだ」

弥市は、十手で背中をつつく。

「追われたら逃げるだろう」

「こっちは追ってなんかいなかったぞ」

仁太は鼻を鳴らしながら、

「おまささんに名前を聞いて、こっちを見ただろう。町方なんざが好きな者はひとりもいねぇ」

「堂々巡りをしていても始まらねえから訊くがな」

そういって弥市は十手を振り回す。

「これが目に入らねぇおめぇじゃあるめぇからな。しっかり答えてもらおうかい」

「なにをだ」

「おめぇがお峰を襲ったのか」

「知らねぇ」

弥市は、十手の先で仁太の頭のてっぺんを、トントンと叩いた。

「嘘をいうと、頭の真ん中に穴が開くことになるかもしれねぇが、それでもいいとしたらいい度胸だ」

「ち……」

「どうだい」

「………」

十手の先が、一度上から落ちた。

「いてて」

「どうだい、思い出したかい」

わかった、わかった、と涙声になって仁太は話し始めた。

「襲ったのはおれじゃねぇ。一緒にいた浪人だ」

「その浪人の名前は」

「山中梅之助《やまなかうめのすけ》という人で、深川の櫓下《やぐらした》に住んでいる」

「おめぇの知り合いか」

「違うよ。一緒に襲うようにいわれたんだ。俺はお峰の顔を知ってるけど、野郎は知らねぇからな」

「つまりは、おめぇが案内役だったということだな」

「だから、頼まれたんだよ」

「金をくれたのは誰だい」

「よく知らねぇ」

「また脳天に一発お見舞いしてやろうか」

「本当に知らねぇんだ。おまさに来ている客のなかのひとりだ。ほとんど話をしたことはねぇ。本当だ」

仁太は、弥市と千太郎に乞うような目をして、もう一度、本当だと答えた。

「どうやら嘘じゃねぇらしいな」

「わかってくれたかい」

「図に乗るな」

弥市は、軽く頭に十手を落とした。仁太は、頭を抱えて、

「ちゃんと教えたんだから、これで勘弁してくれ」

「そうはいかねぇなぁ」

「どうして」

「深川まで付き合ってもらおうかい」

「それがいいな」

千太郎も、にんまりと答えた。

五

深川の表通りは人で埋まっている。

永代寺《えいたいじ》や富岡八幡宮《とみがおかはちまんぐう》に参拝がてら、若い男たちは櫓下、仲町《なかちょう》などにある、深川七場所と呼ばれる遊郭に行くからだ。

櫓下は、永代橋を渡ってからすぐのところにある地名だ。富岡八幡宮の一の鳥居のすぐそばに、山中の住まいがある、と仁太は答えた。

陽が陰りだしていて、そろそろ暮六つになろうとしていた。

深川はこれから酔っぱらいが多く歩きだす頃合い。そんな通りのなか、三人は無言で進んだ。

櫓下に入ると若い男の数が多くなった。

白粉の匂いでもしてきそうな雰囲気のなか、仁太はこの奥に山中の家がある、と指さした。

「先に行ってお前が、その浪人を呼んで来い」

「呼び出す理由は？」

「そんなことは自分で考えろ」

「ち……」

舌打ちをしながら、それでも仁太は先に進んでいった。

「おれたちは、ここで待っているからな」

千太郎と弥市は、そばにあった茶屋に入った。そこには、茶屋女はひとりしかいなかった。おまさのところよりは、ましな感じですけど、女がいけません、と弥市は千太郎に告げる。

「そうか？」

千太郎は、そんなことは気にしているふうではない。そういえば、千太郎には雪さんという人がいた、と弥市は思い出した。

「なにを笑っておる」

「へぇ……いえ雪さんのことを」

「親分、雪さんに惚れておるのか」

「まさか」

「ではどうして思い出し笑いなど？」

「それは、千太郎の旦那と雪さんのことを思い出したからでさぁ」

「なにか笑わせるようなことをしたかなぁ」

惚けた顔をする千太郎に、弥市は半分呆れ顔で、

「そんな話ではありませんや」

浮世離れしている千太郎の顔を見詰めた。

「では、なんだ」

「いや……旦那は本当に自分のことを未だに思い出せねぇでいるんですかい」

「ん？」

千太郎は、まずいことを訊かれた、というような目つきになった。

「ほら、その目。それは嘘だと答えているようなものですよ」

「そんなことはない。本当に自分はどこの誰かわからぬのだ」

「………」

「疑っておるのか」

「信じる理由がありませんや」

「それはおかしい」

「ご自分の身分を隠しているんでしょう？」

「なに？」

「どこぞの殿さまでしょう」

「…………」

「でなければ、ご大身かなにかの我がまま若さま……」

千太郎は、ふうむと唸りながら、少しだけ安堵の顔をした。

そこに仁太がうらぶれた感じの浪人を伴って、こちらに歩いて来る姿が見えた。

「来ました……」

弥市の肩に力が入った。

山中という浪人はやたら背の高い男だった。六尺には届かないかもしれないが、五尺八寸はあるだろう。

それに、太鼓腹のために体はひときわ大きく見えた。

弥市は、その姿を見て目を丸くする。

「でけぇ浪人だなぁ」

「なに、大男総身に知恵が回りかねというてな、それほどの頭は持っておらぬと相場は決まっておるのだ」

「そんなもんですかねぇ」

「まぁ、そう思っておれば気にならぬ」

へえ、と返事をして、弥市は浪人をじっと見つめる。

仁太は、へいこらしながら先を歩いて、弥市の前に立った。

「連れて来ましたぜ」

帰っていいか、という目つきで弥市を見詰めた。

「まだ、おめぇはいるんだよ」

弥市は浪人を前に座るように薦めた。

「なんだ、お前は」

山中は仁太を責《せ》めの目で見た。弥市たちが待っているとは伝えてなかったのだろう。目が怒っている。

仁太は、知らぬふりをして離れて立っている。

「ひょっとして、ご用聞きか」

「気がついたなら話は早ぇ」

「儂は町方などに用はない」

「ですが、こちとらにはあるんです」

「どんな話だ」

「おまさという茶屋にいるお峰をご存知ですよねぇ」

山中は、その話かという顔をする。

「お峰を襲った理由を教えてもらいてぇんですが」

「……ふん、そんな話か」

「立派な罪になるんですぜ」

「ほう……」

山中は、惚け続けるつもりらしい。

「そんな話なら、儂は帰る」

「おっと、そんなことをされたら、いくらご浪人さんでも、捕縛しなければいけなくなります」

「そんなことにはならぬ」

山中は、柄《つか》に手をかけた。威嚇しようとしたらしいが、そばにいる千太郎に気がついた。

「おぬしも、この口のとんがった男の仲間か」

「けっ。なんてぇ言い草だい」

弥市はそういって、口を尖らせようとして、はっと気がつき、手を口元に添えた。

千太郎は、にやにやしながら、

「親分の癖は、可愛いと思わぬか」

浪人に訊いた。

「偉そうな喋り方をするものだ」

「すまぬなぁ、これしかできぬのだ」

山中は、千太郎に視線を当てた。頭から足先まで、じっくりと観察をする気になったらしい。

「どうにもわからぬ……」

「なにがかな？」

「ただの侍には見えぬ……」

「おぬしも殺し屋には見えぬなぁ」

「なんだと？」

山中の瞳に剣呑《けんのん》な匂いが生まれた。咄嗟に、鯉口に手が触れたのだが、すぐそれをはずしたのは、誘いに乗ってしまったと思ったからだろう。

千太郎は、そんな山中の動きを見逃しはしない。

「ほう、私と戦うつもりかな」

「……………」

「ということは、お峰を襲ったのは自分だ、と白状したようなものだ」

「やかましい」

「誰に頼まれたのだ」

山中は、ふんと鼻を鳴らして、答える筋合いはない、という態度である。

ふたりは、少しの間、じっと目で火花を散らした。

先に目を外したのは、千太郎である。

「よし、親分、帰ろう」

「え？　これでいいんですかい」

「だいたいのことは判明したではないか」

「しかし……このままでは」

「まぁ、この背高のっぽがお峰を襲ったという証拠があるわけでもないからな」

「しかし、仁太の証言があります」

どうだ、という顔で仁太を睨むと、あ、はぁ、とはっきりしない。

千太郎は、このままでは埒が明かないから、帰るのだ、と弥市を促したが、弥市は、なかなか頷かない。

それでも千太郎は、弥市を強引に連れ戻そうとする。

「仁太はどうするんです？」

「ほうっておけ」

その言葉に、仁太はにやりとする。

「旦那……ここまで来たのに」

「いいから、帰ろう」

その顔には策があると書いてあった。弥市はようやくため息をつきながらも、

「わかりやした。今日のところはここまでにしておきますか……」

十手を取り出しながらも、山中梅之助と、仁太のふたりをねめまわすのだった。

六

千太郎は、片岡屋に戻ると、遊びに来た由布姫になにやら耳打ちをした。

「え……？」

最初は、怪訝な態度を取っていた由布姫も最後は、笑いながら、

「それは面白うございます」

と答えたのを、弥市はそばで聞いている。

近頃では、なぜか京之介がそばにくっついているのが、弥市はどことなく気に入らない。だいたい、京之介とは何者なのだ……。

初めは、京之介が侍《はべ》るのを雪もいやがっていたはずだが、いまはそれほどでもなくなっているらしい。

どこに行くにも、供をしているのだ。

志津が怒りはしないか、と見ているのだが、市之丞が姿を見せないからだろうか、片岡屋に来る回数が減っている。

弥市にはこれらの関係が判然としないので、気持ちが悪いのだった。しかし、それを口に出すのは憚られた。

よけいなことをいうな、と千太郎にきつくいわれそうな気がしているからだった。

「どんな策を授けたので？」

弥市の問いに、千太郎は周囲を見回して、

「雪さんにな、茶屋女になってもらうのだ」

「え？　まさか」

「心配はいらぬ、普段はあの京之介がついているでなぁ」

どうやら、千太郎も京之介のことは適当に使える供だと考えているらしい。それはそれでいいのだが、弥市はやはり気になる。

「あの男は何者ですか」

「さぁなぁ。私もよくは知らぬ」

「そんな男が信用できるので？」

「雪さんが連れて歩いておるのだ、心配はいらぬ」

「さいですか」

しょうがないから、弥市も得心するしかないのだった。

翌日から、浅草田町のおまさに新しい茶屋女が勤めだしていた。

「あれは、誰です？」

さっそく客たちから、質問が飛び交う。

だが、おまさは笑って、ただ、雪という娘ですよ、と答えるだけで、素性はいっさいしゃべろうとはしなかった。

雪が雇ってくれといってきたのは、前の夜のことだ。いきなりのことなので、どうしたのか、と問うと、じつは……といって徳之助の話をしたのである。

「徳之助という男ができたのだけど、どうにもほかに女がいるような気がして仕方がないのです。それをここで働くことで真《まこと》のことを知りたいのです」

と涙を流して頼まれたのだ。

おまさは、徳之助を知っている。お峰にも、お蝶にも好かれている男だった。なにをして食べているのかよくわからないが、おまさに対しても態度はふたりの女たちと同じように接してくれている。

ただし、どうも女たらしだという雰囲気は否めない。

「そんなおかしな男などに肩入れをしては自分が傷つきますよ」

「いいのです。女は惚れた男がいるときが一番強いのですから」

由布姫は、徳之助を千太郎に変えて話をしているから、しっかり者という趣があった。それに、どことない淑《しと》やかな香りも醸し出している。

おまさは、徳之助の件もさることながら、人気は出るだろうという目論見《もくろみ》もあり、急な話ではあるが、雇うことにしましょう、と答えたのであった。

客たちには謎めいた光があったのだろう、あっという間に人気が出たのである。

その表情には、どこか高貴な香りがしていた。

それだけではない、物腰がそのあたりにいる茶屋女とは、ひと味も二味も異なっていたのである。

　茶を運ぶ動作ひとつをとっても、ほかの女たちより華があった。味わいがあった。香気《こうき》も感じられた。

　茶わんを持つ手ひとつひとつの動作に、全身から輝きがあった。

　そんな雪の立ち居振る舞いを見て、目に怪しい光を帯びさせていた女がいた。

　お蝶である。

　お峰が怪我をして、人気の一番は自分がとったと思っているところに、雪という女が登場してきた。

　面白くあろうはずがない。

　雪を見る目は、日に日に鋭く変化していくのだった。

　それにおまさは気がついている。

　だが、注意をしようというつもりはないらしい。

　お客のなかにも、お蝶の顔つきがおかしくなっていることに気がついている者もいたのだが、ひとりとして、それを気にする者はいなかった。

　なぜなら、そのお客たちも、雪に魅せられていたからだ。

　しかし、雪に危険が迫っていたのである。

　あるところで、ある女がある男に話をしていた。

「かどわかせだと？」

「そうです。あの雪という女が邪魔です」

「ははぁ……今度は、怪我をさせるだけでは飽き足りないというのだな」

「あの雪という女は、いままでの茶屋女とは、少々毛色が違う。それが気に入りません」

「そんなことをしていいのか」

「あなたが、しっかりやってくれたら、それで問題はないでしょう」

「うううむ」

　男は、背が高い浪人であった。さらに腹も出ている。

　かどわかしとは、雪が標的であった。

「どうしたのです」

「先日、ご用聞きが儂のところに来たのだ」

「まさか」

「お峰を襲ったことはばれているだろう。だが、はっきりとした証拠はない。だから、いま儂は泳がされていると考えていい」

「どういうことです？」

「つまりは、儂がいま動くのは、危険だということだ」

「そんな……」

女は、頬を歪めて、情けないという顔をする。

「その程度で私を諦めるのですか？」

肩を出した。

白い肌が見えて、浪人はごくりと喉を鳴らす。

「いいんですよ……」

女の唇が濡れている。浪人の肩が上下に動きだし、呼吸も荒くなった。

「でも、今日はだめ」

「………」

「しっかり、あの雪という女をかどわかしてちょうだい」

「だが、あの者はどこに住んでいるのか、素性がまるでわからぬ」

「店の帰りを狙えばいいでしょう」

浪人は、なかなかやる気が起きていないのがわかる。

「それはそうだが……どうも、気が進まぬのだ」

「どうしてです」

「どこか、おかしいという気持ちが否《いな》めぬ……」

「あなたまで、あの女にうつつを抜かしているんですか」

「そんなことはない」

「やりたくないための、言い訳でしょう」

「そうではないのだ……危険だからやめておけ、という音が儂の頭のなかで鳴り響いているのだ」

女は、顔を歪ませ、ちっと舌打ちをした。

「じゃ、ほかの人に頼みますよ」

そういって、ことさら肩を出した。さらに、胸の前まで拡げる仕草を見せる。

「……わかった、やろう」

「ほら、そうこなくてはねぇ」

女は、男の手を取って、自分の胸の前まで運んだ。

「でも、さっきもいいましたが、今日のところはここまでですよ」

男はため息をついた。

「だけど、どうしてお前がそんなことをするのだ？」

「そんなことはどうでもいいのです。とにかくやってくれるんでしょうねぇ？」

「仕方がない……」

目の前にある女の胸が、男の気持ちから正気を奪っていく……。

千太郎は、京之介に雪をしっかり見ておくように厳命している。

ふたりの態度が、まるで主従のように見えるのは、気のせいだろうか？

そこが弥市は、どうにも気に入らない。

普段なら、さらに雪が混じってくるのだが、いまはおまさのところで働いているので、姿は見えない。

雪にしても、京之介にしても普段はどこで暮らしているのだ？

なんとなく自分だけが蚊帳《かや》の外に置かれているようで、面白くない弥市である。

しかし、いまは雪になにごともないように見張るのが仕事だ。

岡っ引きとして、仕事を反古《ほご》にするわけにはいかない。山之宿の親分としての誇りが許さない。

いまは、雪さんの警護に集中しよう……。

気持ちを固めると、そこは江戸の岡っ引き、いつまでもぐずぐずとはしていない。弥市親分は、今日もおまさの店に向かって歩き始めるのだった。

雪こと由布姫は、毎日が楽しかった。

最初は、茶屋女をやってくれといわれて、驚きもしたが、なにしろ千太郎の頼みだ。断るつもりなどはなかった。

さらに、店に出てみて男たちの間抜けであったり、可愛くもあったりという所作を見ているだけでも楽しいのだ。

ちょっとしたことでも、男たちは顔をほころばせ、流し目を送ると、相手もそれに返そうとする。

なかには、本気に惚れ始めた客もいるようだが、なに、すぐやめるのだからなにも問題はないだろう、とわざとそばに行って、近くに座るような挑発をすることもあった。

いままで、じゃじゃ馬姫とは呼ばれていたが、こんなに男たちに囲まれたことなどない。それがまた、楽しい。

千太郎にこの気持ちを知られるのは少々困るが、それだとて千太郎自身が頼んだことだ。小言などをいわれる筋合いではない、とかってなことを考えているのだった。

そして——。

また一日の勤めが終わった。

おまさは、愛想よくお疲れさまでしたと送り出してくれた。

男の客たちは、今日も由布姫の一挙手一投足に目を瞠《みは》り、楽しんでくれた。

店を出て奥山のほうに向かおうとしたそのとき……、

「待て……」

後ろから声をかけられた。振り向くと駕籠があった。その周りにふたりの男がいた。

見たことはない顔だった。一瞬、怯《ひる》んだ。

「なんです？」

問い質《ただ》す間もあっただろうか。

「それ、やれ！」

駕籠の前に立っていた浪人が、合図をすると同時に、駕籠がそばに寄ってきて、由布姫はあっという間に、さらわれてしまったのであった……。

七

弥市と京之介は、駕籠に雪が無理矢理入れられる現場を見ていた。

だが、助けようとはしなかった。

それは千太郎に、なにがあっても、そのまま成り行きに任せろ、といわれていたからだった。もちろん命に関わりがあるようなことが起きたときは、助けろといわれている。

だが、いま目の前に起きたことは、命まで取るとは思えなかった。ただのかどわかしに見えたのだ。

京之介も弥市も胸中は同じであった。

ふたりは駕籠の後を追う。

駕籠は、両国橋を渡ると、小梅《こうめ》のほうに向かっていくようだった。

途中、小梅橋を渡った。丸木橋である。

小川が流れていて、周囲は畑だけである。

小梅は、大店の主人たちが寮を建てている場所だ。おそらく誰かの寮に連れて行かれるのだろう。

やがて、以前は百姓家だったような建物が見えてきて、その前で駕籠は止まった。

前庭が広く、少し離れた場所には、松や桜、梅の木などが植わっている林があった。

桜の時期には、花見ができそうに見えた。

「誰の寮だ?」

京之介が呟いたが、弥市としてもそこまでは知らない。

「親分……」

「わかってまさぁ。すぐ千太郎の旦那のところへ行ってきます」

「それまで動きがなければいいが」

「なにかあったら、ひとりですが……京之介さんなら大丈夫でしょう」

「おそらくな……だが、人が多いに越したことはない」

京之介は、唇を嚙みしめながら、

「雪さんが危ないことになりそうな場合は、踏み込むぞ」

「合点……」

弥市は、腰をかがめながら京之介から離れていった。

ひとりになった京之介は、しばらく様子を窺う。

寮のなかから物音は聞こえてこない。ひっそりとしているのがかえって不気味だった。

由布姫は、大丈夫か？

千太郎が来るまでは、なるべく動かないほうがいいとは思うが、あまりにも静かなので、気になるのである。

建物のなかでなにが起きているのか、まるで予測がつかない。それだけに、余計なことを考えてしまうのだ。

駕籠かきまでも、なかに入ってしまったから、奴らの仲間なのだろう。

なかに、どれだけの人数がいるのか、それも判然としない。ひとりやふたりではなさそうだ。

おそらくは、お蝶もいるだろうと思う。雪がかどわかされたのは、おそらくお蝶がまたお峰のときと同じように嫉妬したからだろう。

それなのに、濡れ衣だなどというお蝶の言葉は信用ならぬ、と京之介は、胸のなかで呟いた。

浪人の山中梅之助。駕籠かきのふたり。それに、おまさの前で駕籠かきと一緒にふたりいた。

ひとりは山中だったから、それだけでも四人。刀を差しているのは、浪人だけだとしたら、京之介ひとりでもどうにかなる……。

そこまで考えて、京之介は踏み込んでしまおう、と臍《ほぞ》を固めた。

前庭の木々には、小鳥たちが飛んで来ているようだ。ちちち、と鳴き声も聞こえてきて、なかなかの風情を感じることができるのだが、京之介の心中は、そのような風流に浸っている余裕はない。

なにか起きてからでは遅い——。

その一心であった。

千太郎もひとりだったら、同じことをするのではないか、と京之介はかってに決めつけてしまった。

自分は、由布姫の剣術指南番である。

黙って手をこまねいているわけにはいかない……。

それは、責任感から来る感情だった。

誰も文句はいうまい。

そこまで考えて、京之介は戸口まで進んだ。

入り口は引き戸である。なかから心張り棒がかかっているに違いない。簡単に開くとは思えない。

京之介は、一応、手をかけてみた。

びくともしない。

どうするか――。

もう一度、手をかけてがたがたと揺すってみた。音がするので危険であるが、こうするしかなかった。

揺することで、なかで掛けられている心張り棒が外れたらいい。

数回、揺すってみたが、やはり同じだった。

戸が音を立てている。なかにいる連中にも聞こえているはずだ。気がついたら、調べに来るだろう。

不審に思って、戸を開くかもしれない。

京之介はもう一度、今度はいままで以上にわざと音を立てて揺すった。

予測どおり、建物のなかから声が聞こえた。

京之介は、引き戸から少し離れて、敵が出てくるのを待った。

なかなか、戸は開かない。

どうしたのか、と思っていると、

「なにをしておる」

なんと後ろから声が聞えてきたのだ。もちろん千太郎の声ではなかった。

振り向くと、背の高い浪人だった。おそらくこれが山中梅之助だろうと見当をつける。

「お前は誰だ」

山中らしき浪人が訊いた。

「駕籠をつけて来ていたのは、知っていたが……あのおかしな侍ではなかったのか」

「がっかりしたような顔つきだが」

「わははは、そんなことはないがな。ただ、あの御仁《ごじん》にもう一度会ってみたいような気がしていた。おかしな男だ」

千太郎のことをいっているらしい。

「書画、骨董、刀剣などの目利きの人だ」

「そうらしいが、ただ者ではあるまい」

「おぬしは、さっきなかに入っていったはずだが？」

「寮には、裏口というものがある」

「なるほど……そこから出て、私の後ろに回っていたのか」

「うかつであったな」

「雪さんはどうしておる」

「なかで眠ってるよ……別に乱暴などはしておらぬから安心しろ」

京之介は、唸った。それを鵜呑みにしていいものか？

「仲間は何人だ」

「それを訊いてどうする」

「助けるには、知っておかねばならん」

「なるほど……いずれにしても、怪我をすることになるぞ」

山中が刀を抜いた。

戸が開いて、なかから、ばらばらと三人ほど出てきた。侍の格好はしていないが、みな体はがっちりしていて、喧嘩慣れしていると見えた。

京之介は、囲まれてしまった。こうなると、いくら剣術指南番とはいえ、不利である。

「逃げるかな？」

山中は青眼に構えながら、じりじりと京之介に迫ってくる。

「まさか……」

京之介も、刀を抜くと上段に構えた。

山中の揶揄《やゆ》が止まった。目が本気になっていくのがわかった。京之介の腕に驚いたらしい。

「なるほど……なかなかの構えだ」

「褒めてもらえたらしいが、そんな話は後でよい……」

京之介は、大きく振りかぶりながら、前進する。囲んでいる三人の破落戸はその迫力に、位負けをしたのだろう、わずかずつだが、下がり始めた。

しかし、多勢に無勢は変わらない。

まずは、目の前の山中梅之助を倒さねばならない。

京之介は、刻を稼いで千太郎が来るのを待つか、それとも、ひとりでも戦ってしまったほうがいいのか、頭で計算をする。

破落戸たちは、なにほどのこともないだろう。

問題は、山中梅之助である。

勝てるか――。

結論は出なかった。

「そりゃぁ！」

いきなり京之介は、いままで聞いたこともないような大声を上げた。

破落戸たちが、その声に怯んだ。

山中にも、一瞬の隙ができた。

そのとき、京之介は思いも寄らぬ行動を取った。

「なに？　逃げるか！」

京之介は、さっと納刀をすると、背中を見せて逃げ出したのだ。

「なんと……」

山中梅之助は、まさかの京之介の行動に足が動かなかった。

「ふふふ、してやられたか……」

京之介の姿は、前庭から少し離れた松や桜が植わっている林のなかに潜り込んでいた。

八

しばらくして、弥市と千太郎が到着した。

千太郎が周囲を見回すと、三人の破落戸が前庭に立っているのが見えた。京之介の姿は見えない。

千太郎は、つかつかと破落戸たちの前に立った。

「どうした、なにがあった？」

「なに？」

いきなり敵の前に立った千太郎の大胆な態度に、驚いている。

「さっきから、おかしな侍ばかりだ」

「おや？　なにかあったのか」

「戦いが始まるかと思ったら、おめぇさんたちの仲間の侍が逃げたのよ」

「ほほう……」

千太郎は、にやにやしている。

「そのほうたちは、何人だな？」

「……？　なんだその偉そうな態度は」

「おや、それはすまぬが、こういう性分だ、気にせずに答えてもらいたい」

惚けた千太郎の言葉に、破落戸たちはお互い顔を見合わせる。

そのとき、林のほうから声が聞えた。

千太郎が首を向けると、京之介が走ってきた。山中が後を追ってくる。

「なんだ、逃げ回っていたのか」

千太郎が待っているのを見て、京之介はくるりと山中のほうを向いた。

「間に合ったらしい。よし、これで存分に戦える……」

「なんだと？」

「逃げていたのではない。刻を稼いでいたのだ……ふふ」

京之介は、それまでとは違って、しまりのある口元で山中に対峙《たいじ》した。それを見て、千太郎は、わははははと大笑いをする。

山中が驚き顔をし、さらに破落戸たちが立ちすくんだ。千太郎は山中の相手を京之介に任せたらしい。

「ではお前たちは私が相手だ」

三人は、構えたが、千太郎の相手ではない。あっという間に、三人ともその場に転がることになってしまった。

弥市は、その間に寮のなかに入っていき、雪を探している。

山中と京之介は、青眼に構えたまま動かずにいる。

京之介がさきほど上段の構えを取ったのは、やはり虚仮威《こけおど》しのようなものだったらしい。しっかりと腰を落として構える京之介の青眼は、切っ先がぴたりと山中の喉に向けられ、簡単には山中も動くことができずにいた。

京之介は、千太郎が破落戸たちを倒したのを横目で見ていた。その鮮やかな手並みに感動している。

だが、いまは自分の戦いに集中しなければいけない。

山中は、じっと構えたまま動こうとしない。

おそらくはこちらが動いた瞬間を狙って打ち込んでくるつもりだろう。人は動いたときに目線がはずれ、隙ができるのだ。

それなら、こちらから仕掛けてやろう、と京之介は、わざと大きく動いた。

「やぁ!」

ふたたび上段の構えに変えて、前進する仕草を見せた。

そのとき、山中の足がかすかに動いた。

と……。

京之介は、前進するのではなくなんと急激に斜め左に下がってしまったのだ。山中は一呼吸の間、目標を失った。

「きえ!」

二見時代小説文庫

時代小説

その隙を京之介は見逃さなかった。

切っ先を伸ばしながら、思いっきり前に飛んだ。山中はその先端を外そうと、体を倒した。

「う……」

京之介の剣先がそれを追いかけた。

山中の首筋に、京之介の剣が触れた。太い血管《ちくだ》が斬られて血が噴き出した……。

雪こと由布姫は無事に弥市が救った。当身《あてみ》をくらって眠っていたそうである。

ところが、弥市はそばにいる女を見て驚きの声を上げていたのである。

「おめぇは、おまさ！」

おまさはふてくされている。

「どうしておめぇさんが」

「ふん……若い子たちが人気があるのはわかるけど、それが気に入らなかったのさ。私だってまだまだ捨てたものじゃないはずだ。だけど、お客たちはほとんどお峰かお蝶目当てだ。だから、ふたりがこの店にいられないようにしようと考えたんだ」

「それで、ひとりは傷つけ、ひとりに濡れ衣を着せようとしたのか」

「まったく、あんたたちがよけいなことをしてくれなければ、もっとうまくいったはずさ……」

弥市は、言葉を失っていた。

「ということはあの浪人をたぶらかし、仁太を使って今度の芝居を書いたってことかい」

「そうさ……仁太は、一度だけ肌を許したら、なんでもやってくれたよ」

おまさの顔が弥市には、ひどく醜く見えていた……。

九

翌日の片岡屋に、千太郎を筆頭に京之介、弥市、由布姫が集まっている。

「あの寮でおまさの顔を見たときには、背筋が凍りましたぜ」

弥市が、おまさの言葉を伝えていた。

「そんな気持ちだったら、どうして雪さんを雇ったのか、それがわからねぇ」

「それが、女ってものに違いあるまい」

千太郎が訳知り顔で答えると、

「あら、千太郎さんはそんなに女心がわかるのですかねぇ？」

「いやいやまぁ……」

あたふたする千太郎を見ながら、弥市が呟いた。

「しかし、今回は京之介さんが活躍しましたねぇ」

弥市の言葉に千太郎は、

「たまには出番が少ないのもいいものだな」

そういって、苦笑いをするのだった。

「しかし、肝心の徳之助はいまどこにいるのです？」

由布姫が首を傾げている。

「さぁねぇ……あの野郎のことですから、今度は別の女に力を注いでいるんじゃありませんか？」

「ということは、奴に私たちは利用されたということか？　まぁ、あ奴のいうふたりの女を助けたいという気持ちには応えることができたと思うがなぁ」

腑に落ちないという顔つきの京之介である。

「まぁ、よいではないか。京之介はそれで株を上げたのだからな」

千太郎が笑いながら、

「さて、今回は戦利品がなかったからな。親分、次はもっと治右衛門が喜ぶような事件を持ってきてくれよ」

その言葉に、弥市はどうですかねぇと答えた。治右衛門にじろりと睨まれ、弥市はそうそうに、いい事件を探してきます、と立ち上がった。

しかし、京之介は待て待てと手を上げて、

「親分、そんなに事件ばかりが起きては困るぞ」

「違ぇねぇや」

口を尖らせる弥市親分を見て、片岡屋の帳場は笑いに包まれている。

片岡屋の庭から、気の早い蟬の鳴き声が聞こえていた。

第三話　根なし草の意地

一

　小川はさらさらと流れて、夏草の匂いが周囲を包んでいた。

　江戸は皐月《さつき》を過ぎ、水無月《みなづき》。

　鬱陶しい梅雨も終わって、陽光は夏の光を落とし、道端ではだらりと舌をだらしなく垂らした犬の姿が見えるような季節。

　いま千太郎と由布姫は、根津の町を歩いていた。

　雪こと由布姫は、近頃、よく片岡屋を訪ねている。

　今日は、千太郎が目利きのために根津権現の近場まで出向くということで、一緒にくっついてきたのだった。

市之丞は、まだ国許から戻っていない。

なにか問題が起きたのかと心配はしたが、

「それはありません。ただ、足止めをくっているだけです」

と、市之丞の父親、源兵衛が教えてくれたので、千太郎は初夏の歩きを楽しんでいる。

もっとも、物見遊山気分になっているのは、由布姫で、千太郎は目利きの仕事だ、と思っているところに、ずれはあるのだが。

「いい天気ですねぇ」

根津神社の大きな鳥居の前に立った。その周辺では、木々が葉をそよがせている。

由布姫は、そんなたわいない景色も楽しんでいるのだが、千太郎はまったく興味はなさそうだ。

それゆえに、会話が成り立たない。

それでも、由布姫は楽しそうだった。

「市之丞さんは、どこに行ってるのですか？」

国許とは答えることはできず、千太郎は、はぁ、とか、あぁ……と、はっきりしない。

由布姫としては、国許だ、というような話を聞けたらいい、と考えていたのだが、千太郎は身分をはっきりとはしたくないらしい。

もっとも、自分とて、同じ境遇なのだから、不満をいう気もない。

それより、気になっているのは、近頃、志津の顔がすぐれないことだった。

原因は気がついている。

もちろん、市之丞がそばにいないことだろう。

市之丞と志津ははっきりと恋仲といえるだけの間になっているはずだった。

その相手が江戸にいないのだ、気持ちが沈むのもむべなるかな。

それをなんとか解消してあげたい、と由布姫は考えているのだが、自分だけの力ではどうにもできない。

千太郎の力がないと、問題は解決されないのだ。

その話をしようと思っているのだが、千太郎はあまり乗り気ではない。市之丞の話は面倒だ、という顔つきであった。

カマをかけてみたいと思ってはみたが、面倒そうな顔をされて、由布姫はそれ以上、市之丞の話はやめることにした。

「どこまでおいでですか？」

根津神社のなかに入ってはみたものの、池の前に設《しつら》えてあった床几に座ったまま動こうとしない。

目利きに行くはずではないのか、と由布姫は不審に思うのだが、千太郎は、一向に動こうとしない。

「まだ刻限があわないのですか？」

「なんのかな？」

「これからお訪ねになるところですよ」

「あん……」

「なんです、それは」

「なに、腹が減ったのだ」

「そんなことですか……」

なにか意味があるのかと考えた自分がまぬけだった。

千太郎が黙っているときは、ほとんどなにも考えていない場合が多い。それを忘れていた……。

と——。

千太郎が、突然、由布姫に向けて体を捻った。

「な、なんです？」

「雪さん……」

「はい？」

「花は好きですか？」

「あ、あの……野に咲く花ですか？」

「顔についている鼻ではありません。それです」

「はい……まぁ、それなりに」

「それはよかった」

千太郎は、また正面を向いてしまう。

「あの……」

「はい？」

「それだけですか？」

「いけませんか？」

「いえ……」

いけないということはないが、なにかもっと会話が進むのかと思ったのに、そこで途切れてしまったではないか。

それでも、由布姫は腹を立てない。

千太郎という人はそういう人なのだ。

「お花は活けられますか？」

はい、と答えると、千太郎はうれしそうな顔をする。

「あの……なにか、お花が」

「行きましょう」

「どこにです？」

「これから行くところです」

「私も一緒に？」

「そのためについて来たのではないのですか？」

「まぁ、そうですが」

今日の千太郎は、なぜかていねいな対応をしてくる。田安家ゆかりの姫として扱っているのだろうか？

そんなことは気にしなくてもいいのに……。

もっとも、この憂いが当たっているのか、どうなのかは判然としない。

「千太郎さま……」

「ん？」

「どういたしました？」

「なにがだな」

「いきなりお立ちになっているではありませんか？」

「あぁ、あっちに行く」

床几から立ち上がると、そのまま由布姫がついてくるかどうかも見ずに、歩きだした。一応目的地はあるようだ。

「行く場所はわかっているんですか？」

「もちろんです」

憤慨したようないいかたをしたために、由布姫がおほほ、と笑った。

「なにがおかしいのです」

「……今日の千太郎さまは、子どものようです」

「そうかなぁ？」

自分の姿を上から下まで眺めるような仕草をした。それがまたおかしくて、由布姫は口元を手で押さえる。

「ここは根津神社です」

「そうですよ」

「そうか……ならば……」

周囲を見回しながら神社から外に出る場所を探しているようだ。

「あちらです」

曲がりくねった小道を辿ると、外に出るはずだ、と由布姫は指さした。

「そうです、そうです、こっちです」

まるで最初からわかっていたふうに、千太郎は先に進み始めた。

二

太陽の光が、道の途中の水たまりを光らせていた。昨夜は雨だったらしい。一匹の犬がその水を跳ねながら走っていった。

由布姫は、だまって千太郎の後をくっついていく。ほどんど話しかけられないから、手持ち無沙汰だ。

それでも、心はうきうきしている。

「千太郎さま……」

「はい？」

「お花についてその後は？」

「……それだけです」

「はて……」

「なに、たいしたことではないからご安心を」

「心配はしていませんが」

「なら、よろしいではありませんか」

他愛のない会話だが、それでも由布姫は楽しいのだった。

本当に千太郎さまに惚れてしまったらしい。

心のなかでは、この千太郎さんは、稲月家の若殿だと勝手に決めつけてしまったのだが大丈夫だろうか。

もし間違っていたらとんでもないことになってしまう。

稲月家に対しても取り返しがつかなくなるし、将軍家の顔に泥を塗ることになってしまうだろう。

もし、そうなったら……。

だが、大丈夫。

千太郎さんは、間違いなく稲月家の若殿……。

それまでまっすぐだった道が曲がりくねった隘路《あいろ》になり始めた。そのために歩くのが大変である。

それでも千太郎は、苦にしていない。

すたすたと歩き続ける。

女の足ではなかなか大変だが、弱音を吐くわけにはいかない。由布姫は、必死で後をついていく。

だらだら坂に入った。

夏の太陽が容赦なく照りつけて、左右に見られる築地塀が熱を持っているようだ。

坂の途中で千太郎が待っていてくれた。

「疲れましたか」

「いえ……ご心配なく」

「手を取ろうか」

「あ……」

千太郎が手を伸ばした。

「引いてあげよう」

「あ、いえ……」

「恥ずかしがることはない。周りには誰もいません」

「あ、はい……」

思わず、手を出し千太郎の指と絡まった。

「あ……」

「どうした？」

「いえ……」

「いやなのかな？」

「違います」

「それはよかった」

千太郎の手は暖かかった。肉厚なのか柔らかい。そこに、この人の心の暖かさが伝わってくるようだ。

ぐいぐい引っ張るというわけではない。

そっと手を添えているだけだが、掌《てのひら》から流れてくる柔らかな気に包まれながらしばらく進んでいくと、周囲がぱっと開けた。

根津の裏にこんな場所があったとは……。

江戸の町にはまだまだ知らないところがたくさんあるらしい。

やがて、植木が道端にたくさん置かれた家が並んでいる一角に出た。家並みはぽつんぽつんと離れて建っている。

畑や小さな林が点在しているような場所だった。

「ここはどこですか？」

「私もよく知らないのだ」

知らない場所によく来れたものだ、と由布姫は感心する。

千太郎は、一度足を止めて周囲を見回した。

「あそこの家だな」

手はまだ繋いだまま、歩き始めた。

そのままぶら下がるようにして前に進んでいく。

狭い道を進んでいくと小川があった。

丸木橋を渡ると、水の流れる音が聞こえてきた。

紋白蝶が飛んでいく姿が見え、水辺には塩辛蜻蛉《とんぼ》が止まっている。

のどかな風景だった。

以前は百姓家だったのだろうと思える家が一軒、林の前に建っていた。

千太郎はその前で訪《おとな》いを乞うた。

戸の開く音がして、浪人が出てきた。

色あせた藍色木綿の衣服を着ているが、なかなか見た目は、すっきりした浪人だった。顔色があまりよくないのは、病にでも罹《かか》っているのだろうか。

「お待ちしてました」

ていねいにおじぎをする。

「遅くなりまして」

千太郎も、普段は見せぬ神妙な顔つきで返事をした。

「……どうぞ、なかへ」

「かたじけない」

ふたりは旧知のように見えたが、千太郎はそのようには教えてくれなかったから違うのだろう。

家に入って土間を上がると、板の間があり真ん中に囲炉裏《いろり》が切られている。

天井から自在鈎が落ちていて、鉄瓶がぶら下がっていた。

ちんちんとお湯が沸いている。夏だというのに、鉄瓶を温めているとは不思議なことだ。熱が部屋に充満するのではないか。

浪人は、そんなことには無頓着らしい。

囲炉裏を挟んで、三人が座った。

千太郎の正面に浪人が座り、千太郎のとなりに由布姫。

「わざわざおこしいただいて、かたじけない」

浪人は、座ったままで上半身を倒した。

「いやいや……これが仕事ゆえ」

千太郎の言葉に驚いた。ここまで仕事で来ていたのか……。そんな話はひと言も出なかったはずだ。

浪人の名前はなんというのか？　千太郎は聞いているのだろうが、由布姫は知らない。それに紹介もしてくれないとはどういうこと？

ごほん、と咳払いをすると、ようやく気がついたらしい。

「あ……こちらは、私の手伝いをしてもらっている雪といいます。お見知りおきを」

「……町田保太郎《まちだやすたろう》と申す。仲間はほたる、と呼んでいます」

「ほたる？」

「本来なら、やすたろう、ですが、保太郎が、ほたるに変化しました」

「あぁ……」

由布姫は、おほほと、口元に手を当てた。

存外楽しい人らしい。よく見たらなかなか二枚目でもある。

「ところで……」

そういったところで、保太郎の顔が曇った。

千太郎は、次の言葉を待っている。

「これなのだが」

腰に差していた小刀を抜いた。

「大業物とは言えまいが、それなりの物とは思う。いかがだろうか」

刀を売りたいらしい。そのために千太郎はここまで出かけてきたのかと驚く。そういえば、目利きに行くのだ、と答えていたはずだった。

黒塗りの鞘に、柄は鯖巻き。鍔《つば》はよく見ると、富士山があしらわれているようだ。目利きとはいえないが、由布姫も小太刀の名人。それなりの目は持っている。見たところ、そこそこの物ではないか……。

千太郎は息を吹きかけないように、懐紙を口に挟んだ。

本身《ほんみ》を抜いて、目の前に立てる。刃紋を見ながら、感心しているようだ。

「これは、なかなかです……」

「誰かわかりますかな？」

「これは珍しい……本来なら、二尺三寸程度が主流といわれているのだが……」

「ほう……」

「大坂新刀の地鉄《じがね》……鎬地《しのぎ》に柾目が走っている……さらに刃紋は鎬に幅広の乱れが走っている……」

「…………」

「これは津田越前守助広《つだえちぜんのかみすけひろ》……」

「さすがです」

「どうしてこれを？」

保太郎は、家を見回して、

「このような家に住んでいるのはけっこう金がかかるのです。それに、いまは働きもあまりないので……」

「仕官を目指すということは？」

「それは、まったくないとはいえまいが……いまは、そうそう簡単に仕官が叶うものではあるまいて」

「なるほど」

千太郎は難しい顔をしている。自分の家で雇ってあげようとでも考えているのだろうか。もし、稲月藩の若殿、だということだったらの話だが。

しかし、由布姫にしても、目の前にいる浪人を仕官させようとはいえない。そうそう簡単にはいかないのだ。それにしても浪人生活は辛いのだろう。由布姫は想像するしかない。

「では……」

保太郎が、かすかに頭を下げた。

「はい……後日、うちの店主にも話を通しておきます。一度、山下の片岡屋をお訪ねいただきたい」

「わかりました」

「そのときまでに、金額を決めておきます。悪いようにはしないつもりです」

「それはありがたい」

侍同士の血が通った会話に聞こえる。男の通じ合った言葉を聞いているのは、気持ちがよかった。

三

弥市が片岡屋にやってきた。難しい顔つきをしているのは、事件が起きたからだろう。千太郎は、目の前に広げた一幅の絵を見ている。

「なんです？　それは」

「花鳥風月だな」

「はぁ」

「春は花、夏は鳥、秋は風、冬が月だ」

「さいですか。そんなことより」

「こっちの絵は、枯山水だ」

「へぇ……」

「ここに佇んでいるのは、おそらくは老子《ろうし》であろうな」

「近頃、辻斬りが出て困っております」

「老子が弟子たちに教えを説いているところだ」

「奉行所でも本腰を入れろ、とのお達しでした」

「どうして老子という名がついたのか知っておるかな?」

「主に辻斬りが出るのは、根津から下谷あたりということなんですがねぇ」

「こら……」

「旦那、聞いてくださいよ」

「それは、私の台詞だ」

お互い顔を見合わせて、ゲラゲラ笑う。

「親分と話をしていると頭が痛くなるときがあるな」

「あっしもです」

「そうか、ならば引き分けだ」

「なにが引き分けかよくわかりませんが、まぁいいでしょう」

「ところで、辻斬りがどうしたって?」

「おや、聞いてくれていたんですね」

「私は千里眼だ……」

「それをいうなら韋駄天《いだてん》じゃありませんか」

「そんなわけがあるか、どちらかというと百面相であろう」

「……もういいです」

弥市は、ぐったりする。

「辻斬りは根津から下谷界隈ということだが？」

気を取り直した弥市はへぇ、と答えて、

「先日の夜は下谷でした」

弥市は、思い出すように天井を見ながら話を続ける。

「どうして、辻斬りなどをやるのか、それを教えてもらいたいと思いまして、へぇ」

「そんなことがわかるわけがあるまい。本人に当たれ」

「ですから……」

「わかっておる……手伝えというのであろう」

「お願いしているんでさぁ」

弥市は、十手を取り出して、ぽんぽんと肩を叩いた。例によって口を尖らせているのだが、今日はいつもより迫力はない。

根津といえば、町田保太郎に会うために行ってきたばかりだ。

そこで、辻斬りが出ていたとは。

弥市にいわせると、その斬った痕を見ると、鮮やかな手口。そんじょそこらの侍ではないのではないか、という。

試し斬りでもしているのか、それとも、ほかの目的があるのか？

「千太郎の旦那……ここでじっとしていても始まりませんや」

「調べを手伝えというのか」

「ご明察」

「調子がいいのぉ今日は」

さいですかい？　えへへとうすら笑いをしながら、立ち上がってしまった。千太郎が一緒に来るものと決めてかかっているらしい。

千太郎は、しょうがないと奥に声をかけて立ち上がった。


上野山下は、熱波で焦げたような匂いがしていた。

「夏の匂いか……」

千太郎が呟くと、弥市が笑って、

「なにをおっしゃりますか、あれは、団子が焦げた匂いです」

「なんだ、そうか。つまらぬ」

数人が大川橋の袂に立ったまま話をしていて動かない。

「あれはなにをしておるのだ」

「涼んでいるんでしょう。それでなければ、いまから渡りの髪結いが来るんでしょうよ。それを待っているんです」

「そういうことか……」

橋では、たまに渡りの髪結いが店を出していることがある。特に、正月前などの両国橋には、大勢の髪結いが集まって客をさばいている。正月を迎えるにあたり、めかし込むためだ。

不忍池にはみ出すようにぽつんと建っている弁天堂に、大勢の人が集まっている姿が見えていた。

暑さから逃げるために涼んでいるのだろう。弁天堂は、水に囲まれているから風が涼しいに違いない。

弥市はすでに額から首にかけて汗だくになっている。

「ひと雨降ってくれたほうが涼しくなるんですがねぇ」

「そんなことになったら、後がたまらぬ。湿っぽくなって、汗が粘りつくようになってしまうではないか」

「それでも、この暑さよりはましでさぁ」

弥市は、手ぬぐいで汗を拭きながら、ぶつぶつ言い続けている。よほど暑さが苦手らしい。

「ところで、その辻斬りは、いつ頃から現れたのだ」

「へぇ、九日くらい前です」

「まだ、それくらいで、幾人も斬られたと？」

「へぇ……ですから、楽しんでやっているのか、それともなにか目的があってやってるものか、それがわかりません。最初はひとりずつでしたが、一番近場では、三人同時に斬られていましたからねぇ」

「九日で三回というと、三日で一回……」

「そういう勘定になります」

ひとり目が斬られたのは、十日前。

今日は、六月の十五日だから、つまり六月五日に一人目が斬られた。被害にあったのは、浅草広小路にある仏壇屋の主人、全次郎《ぜんじろう》だった。掛け取りの残りを貰うために、根津神社のそばにある、坊主を相手にする遊郭、三喜楼《さんきろう》という店を訪ねての帰りだったという。

三喜楼の主人、喜衛門《きえもん》と近所の料理屋でいっぱい飲んだ帰りのことだった。

神社の大きな鳥居を通り越したあたりで、全次郎は喜衛門とは別れた。

そして、翌日の朝、鳥居のそばで死体となって発見された。

ふたり目は、それから三日後の八日。死体は、不忍池の五条天神社付近で発見された。名前は、為六《ためろく》といい、大工の見習いだったという。住まいは、湯島坂下町というから近場で斬られたということになる。

三回目が十一日である。山下にある矢場の近場で斬られていたという。

「これがもう問題でしてねぇ」

「侍だったからか」

「まぁ、それもありますが、どこの家中かまるで手がかりがねぇんです。もっとも、身元がわかったとしても、江戸屋敷では辻斬りにあうなど、そんな不届きな者はいない、ということになるのが落ちですからねぇ」

斬られた若い連中は可哀想だ、弥市は、不満を漏らした。

侍に対して、なにか含むところがあるような口ぶりである。だが、千太郎がそばにいることに気がつき、はっとした顔をする。

「気にするな。侍など威張っているだけでろくなものではない」

千太郎は、半分笑っていた。

「はぁ……すみませんです」

頭をかきながら、弥市は苦い顔をする。

「それにしても、その若侍の身元はまだわからぬのか？」

「そうなんで。どうしたらいいものかと悩んでいるんでさぁ」

弥市は本当に悩んでいるらしい。

「だけど相手は侍だ……」

町方は手を出せないだろう、という意味だった。

「ですが、辻斬りにあったふたりは、町人ですからねぇ。若侍のほうから、手がかりが摑めるものなら、ありがてぇ……」

「なるほど……」

千太郎は、よしわかった、と胸を叩かんばかりにした。

「なにがわかったんです？」

「私がなんとかしよう」

「そんなことができるんですかい？」

「やってみなければわからぬではないか。世のなか、諦めたら終わりだ」

「そんなもんですかねぇ」

千太郎の口からそのような台詞が出てくるとは驚きである。

「もし、そうなったらどこから調べるのだな?」

「それは、そのご家中になにか揉め事がなかったかどうかを知りたいと思いやすねぇ」

「なるほど……」

思案するふうの千太郎の顔を、弥市はじっくり見ていた。

根津神社の鳥居の前に着いた。

まず一番先に、三喜楼に行くことになった。自身番に行って話を聞くよりは、斬られた本人と一緒にいた者と会って話を訊いたほうが早い。

三喜楼は、神社の門前を少し南に進んだところにある二階建ての建物だ。間口五間だから、それなりの作りだろう。

入口から入ると、すぐ上がり框《かまち》がありそこから式台に上がるようになっていた。

弥市は、上がり框に腰を下ろしながら、主人の喜衛門がいるかと質《ただ》した。さっきまで自分の部屋にいた、と案内に出た若い男が呼びに行ってくれた。

四

　しばらくして、恰幅のいい男が奥から姿を現した。

「私が、主人の喜衛門でございますが、なにかご用の向きということで」

　おう、と弥市は横柄《おうへい》に応対する。

　喜衛門は、肌艶がすこぶるよかった。女を使っているとこれだけの肌を持つことができるのか、と弥市は嫌味なことをいいながら、

「辻斬りを知ってるな」

「それはもう驚きました。一緒にいた全次郎さんが斬られたと聞いたときには、肝を冷やしました」

「なぜだい」

「別れずにいたら私も一緒に斬られていたかもしれませんからねぇ」

「なるほど」

　喜衛門は本当に恐ろしそうな顔つきで、千太郎を見た。町方とは異なる雰囲気を醸している千太郎の存在が不思議らしい。弥市の顔を窺った。

その目に気がついた弥市は、

「なに、たいしたことはない、ただの手伝いだ」

とうとう手下にしてしまった。

千太郎は、それを聞いてもにこにこしている。その顔つきに懐の大きさを感じたのか、喜衛門も笑みを浮かべた。

弥市までもにやつきながら、

「で、別れたとき、そばに誰か不審な者はいなかったかい」

「……定町廻りのかたにも聞かれたんですけどね、まったくといっていいくらい誰もいませんでした。ですから、どこから辻斬りが出てきたものか、まるで見当がつきません」

そうか、と弥市はあてが外れたという顔をする。

「だけど、どこかに隠れていないと、いきなり出てくることはできませんよねぇ」

「確かになぁ」

そこに、千太郎が口を挟んだ。

「どこかから歩いてきたということも考えられるから、隠れていたということだけではないだろう」

「そうですねぇ」

少々横柄な態度だが、喜衛門は、頷いている。

千太郎は、思案しながら喋り続けた。

「全次郎と一緒に歩いていたのは、何刻頃かな？」

「あれは、おそらくそろそろ木戸が閉まるというような頃合いだったと思います」

「となると、夜四つになる前ということだな」

弥市が訊いた。

「そうでございます」

「場所は、根津権現の鳥居の前か」

「はい、そうでした……」

「なにをしていたのだ」

「料理屋に行った帰りです。うちに来たのは、掛け取りの残りを取りに来たのですが、払いが遅くなってしまった埋め合わせに、私がご馳走をしたのでございます」

千太郎は、そうか、と頷きながら、

「全次郎に、なにか変わったところはなかったかな？　落ち着かないとか、誰かに命を狙われているとか、そんな様子は？」

「いえ、まったくいつもと同じでしたねぇ」

むしろはしゃいでいた、というから、本人にはどうして自分が斬られてしまったのか、まったく気がつかずに死んでいったということになる。

「可哀想なことですねぇ……」

喜衛門は、心底から同情する顔つきになった。

全次郎との付き合いは、ここ二三年前からで、それまでは、付き合いはなかったそうだ。関わりができたのは全次郎が、三喜楼に遊びに来たのがきっかけであったという。

帳場にいた喜衛門と話をしたときに、骨董の趣味があるとわかったのが、商売で手をつなごうというきっかけになったというのであった。

骨董と聞いて、千太郎の目が光ったが、弥市は目配せをして、それは後で、という合図を送った。千太郎は、苦笑しながら目で返した。

「全次郎は仏具屋だったな。女郎屋が仏具とはどんな縁があるのだ」

弥市が問う。

「それは、女郎だって亡くなりますからねぇ。そんなときは、しっかり葬儀は出してやりたいと思っているんですよ。ですから、位牌などを購入するのです」

「おう、それなら話はわかる」

弥市は、口を尖らせながら、頷いた。千太郎も、うんうんと首を振っている。

「女郎屋と仏具屋とは不思議な組み合わせだとは思っていたがなぁ。人は誰でも死ぬということか」

珍しく弥市がしんみりとしたのを千太郎は笑って見ている。

「全次郎とはどんな男だったたい？」

気分を入れ替えるように訊いた。

「仏具屋とは思えないほどさばけた人でした」

「どんなふうに」

「まぁ、うちの女たちに対しても、やさしくしていたようでしたよ。だからけっこう人気がありました。金払いもよかったですからね」

殺される理由などまったく思いつかない、と渋い顔をする。

どうやら、全次郎に殺される原因のようなものは、まったくなかったと考えてもいいようだ。

弥市がそう呟くと千太郎も、そのようだ、と答えた。

それ以上喜衛門と話をしても、新しい話が出てこないと思えた。

「忙しいときに邪魔したな、ありがとよ」

弥市は話を打ち切った。


外に出ると、弥市はどうしますか、と千太郎に訊いた。

「もうひとり、身元は判明してますが」

千太郎は少し考えていたようだった。

「なにかあるんですかい？」

「まだ、なにもない」

「さっきの喜衛門の話に矛盾はなかったと思いますがねぇ」

「それは同感だ」

「では、どうしてそんな腹が減りすぎたような顔をしているんです？」

弥市の言葉に笑いながら、

「いや、辻斬りの気持ちになってみようと思ってな」

「辻斬りの？」

「あの場所は、夜は暗いだろう」

「そうですねぇ。でも、人の通りはあったと喜衛門がいってましたが」

「それならなおさらだ。どうしてあんな場所で辻斬りをやったのだ」

「まぁ、それは本人に訊いてみねぇと」

千太郎がいいそうな言葉をいう弥市に、

「親分、今日はなかなか手ごわいな」

「そんなことはねえです」

「あぁ、それはよしとして……どうしてあんな場所で人を斬ろうと思ったのか、それが不思議でならぬのだ」

「ほかに斬られた場所はどうだったな？」

「へぇ……」

弥市は腰に下げている捕物帳を取り出した。そこに、事件のすべてが書きつけられてあるらしい。

ひとり目の全次郎は、根津神社、鳥居の前。

ふたり目は、不忍池のほとりから少し入った路地。

三回目の侍たちは、山下の路地だったという。

「どこかから運ばれてきたということは？」

「それはねぇでしょう。引きずられてきたような跡はなかったようですから」

　弥市は十手で肩をとんとんと叩いている。

　千太郎は、じっと物思いにふけっていたが、

「ふたり目の名前は、為六だったかな」

「よく覚えていましたね。そうです」

「家はわかっているのか」

「湯島坂下だということでした」

「それなら、ここから遠くはないな」

「まぁ、四半刻もあれば行けます」

　為六の家を訪ねてみることになった。


　坂下町は、湯島天神下にある町名だ。

　例によって、弥市は汗を拭きながら歩き続けている。

　千太郎は、涼しい顔をしている。

　弥市が、汗をかかないのか、と問うと、侍は汗をかかないのだ、と訳のわからぬ台詞を吐いた。

「そんなことはねぇでしょう」

「剣士は汗などかかぬ」

「旦那は剣士ですかい？」

「違うというか？」

「剣士というよりは……」

「なんだ」

弥市は、口ごもってしまった。

「ほら、なにも文句はあるまい。だから私は天下の剣士というわけだな」

「もうすぐ湯島坂下です」

「話を変えるな」

千太郎と弥市はお互いの思惑を抱えながら、歩いていく……。

しばらく歩くと、湯島天神に続く階段が見えていた。男坂と呼ばれる、神社に続く階段だ。湯島天神へ行くには、この男坂と呼ばれる階段を上るか、女坂と呼ばれるだらだら坂を登っていくことになるのだが、為六が住んでいたのは、坂下町。上には登らない。

切通しに続く町が坂下町だった。

相変わらず、弥市は汗を拭き拭き歩いていく。十手の先っぽが懐から出ていることに気がつき、一度押し込んだ。

為六が住んでいた長屋は棟割りの八軒長屋だった。

木戸も傾き、戸をつないでいる蝶番《ちょうつがい》も壊れて、開き戸がぶらぶらしている。

弥市は、ずかずかと長屋のなかに入っていった。

がに股を見ながら、千太郎も後に続く。

とっつきにある井戸の周りにも誰もいない。おかみさん連がいたらなにか話を聞けるのではないか、と思っていた弥市は当てが外れたらしい。

為六の家は、入って左の二軒目だった。

障子戸は締まっている。

為六には、長年連れ添ってきた女房がいるはずだ。

旦那が辻斬りなどにあったために、心労が続いているのかもしれない。

弥市は、戸に顔をくっつけて、囁くように声をかけた。

子どもの声がした。そういえば、まだ幼い娘がいたはずだった。その子の声だろうか、と弥市はまた、誰かいるかい、と訪う。

どん、と音がした。子どもが土間に降りた音に聞こえた。

五

戸が開き、女の子の顔が見えた。

「おっかさんはいるかい？」

「誰？」

「ちょっとご用の者なんだ」

顔に似合わぬやさしい声で、弥市が語りかけている。

奥から、誰だい、という声が聞こえてきた。

「おっかさんは病にでも罹ったのかい？」

「うん……寝たきりなんだよ」

「いつからだい」

「おとっつぁんが死んでから……」

女の子は顔を伏せた。その仕草がいやに大人びている。

奥の声に許しを得て、弥市は家のなかに入っていった。

女が肌着の上に一枚羽織っただけで、蒲団の上に起きていた。

「起きるのが辛かったら、寝ていていいんだ」

女は、大丈夫です、といって娘に外で遊んでおいでと声をかけた。

うん、と女の子がいなくなったのを見て、

「亭主の件でしょうか」

と不安な目つきをする。たえ、という名だという。

「あぁちょっと話を聞きてぇと思ってな」

弥市はなるべく、不安を取り除こうとするが、たえの顔は強張っている。

「為六が殺される原因になにか思い当たることはねぇかなぁ」

たえは、首を傾げて、

「何度も、同じようなことを訊かれましたが、まったくありません。為六は、博打もやりませんし、女遊びもするような男ではありませんでした」

仕事もきちんと毎日通っていたし、他人から恨みを買うような男ではない、と嘆く。

「そうかい」

周辺からもいろいろ聞き込みをしておいたほうがいいかもしれねぇ、と弥市は思いながら、

「最近、為六が普段とは違う行動を取ったようなことはなかったかなぁ」

「さぁ……まったく思い当たりません」

「そうかい」

表情から窺っても、嘘をついているようには見えない。

弥市は、後ろに突っ立っている千太郎を見た。

「ちょっといいかな？」

千太郎は、土間に入って訊いた。

「為六は判で捺《お》したような生活をしていたということだが」

「そのとおりでございます」

八丁堀とは異なる雰囲気の侍に訊かれて、たえは緊張している。

「殺された日はどこに行ってたのだな？　仕事場か？」

「あの日は、普段と同じように朝出て行きました。仕事場は、不忍池のそばだといってましたから、別段、おかしなことはないと思います……」

「そうか……」

仕事の現場に近いところで斬られたということになる。

斬られた刻限は、夜五つ下がりだろう、といわれている。

それは、すぐその時間の前まで同僚が一緒にいたから間違いない。

為六は、女や博打はやらなかったらしいが、酒には目がなかったという。必ず、仕事が終わったあとは、居酒屋に入って一杯やるのが楽しみだった。

つまり、いつもと同じ行動を取っていた、というわけだ。

取り立てて、おかしなところはまったくない。

やはり、意味もなく、辻斬りの手にかかってしまった……。

たえにしてみたら、やり切れない思いだろう。弥市は、たえの顔をまともには見られなかった。

子どもを抱えて、今後どうやって暮らしていけばいいのか……。

たえの苦労を考えたら、胸が痛くなる。

千太郎は、そろそろお暇《いとま》しよう、と弥市に告げた。

長屋の外に出ると、さきほどの女の子がぽつんと立っていた。

何をしているのか訊いたら、友だちも誰もいないから、つまらない、と答えた。

「それは寂しいなぁ」

「うん、でも大丈夫。おっかさんのところには、いろんな人が訪ねてくるから」

「それはよかった……」

千太郎は、女の子の頭を撫でて、元気を出すんだ、と励ました。

女の子は、うん、といって帰っていった。

「もう少し、このあたりをあたってみます」

弥市が周辺を見回した。

「おかみさんとはまた違った意見が出てくるかもしれません」

千太郎は、頷いた。


弥市と別れた千太郎は、為六が斬られた場所を見るために、不忍池から少し離れた路地に行って見ることにした。

なにか新しい発見があるかもしれない。千太郎は、夏の陽光に輝いている不忍池に向かった。

坂下からは、その水面が見えている。

下谷の広小路も近いためか大勢の人が歩いている。この暑いのに江戸っ子は剛毅なものだ。

大きな風呂敷包みを抱いた女を連れて歩くのは、どこぞの奥方だろう。

また、若い娘たちが二三人で固まって笑いながら歩いている。箸が転がっても楽しい時期なのだろう。

それにしても、今度の辻斬りの意図がまるで見えてこない。全次郎にしても、為六にしても、普段はきちんと働いている男たちだ。

理由もなく、楽しんで斬ったのだろうか。

そうなると、若侍を三人まとめて斬ったという事件だけが、異質に見えてくる。

本当は、この連中を斬ることが目的で、あとのふたりは、町方の目をごまかすためではないか……。

そう考えると、辻斬りの新しい目的が見えてくるような気がする。しかし、決めつけてしまうのは早計だろう。

まずは、為六が斬られた場所を見よう。

千太郎は、キラキラ光る水面を背負いながら、斬られたという路地に入っていった。

そこはなんの変哲もない、路地であった。

自身番と木戸の番屋が並んで立っている。

その周りには、間口は狭いが表店《おもてだな》が並んでいる。どこにでもある道筋だった。ただ、角に立って待ち伏せをしていると、誰がいるのかは見えないだろう。

そばにあった自身番に入って、為六が斬られていた場所を詳しく聞いた。

その場所に行ってみると、角に天水桶が積まれてはいるが、そこに隠れていても姿が見えないというほどではない。

すぐとなりに、常夜灯が設えてある。

そんなに明るくはないとしても、影くらいは見えるだろう。危険を察知することはできたはずだ。

為六はたった一太刀だったという。それだけの腕を持った侍だろう。町人の中でも、剣術を習っている者が増えてはいるが、侍でなければそこまで鮮やかに斬るのは難しい。

それまで一緒に居酒屋にいた同僚は、ほかの道に進み、別れた後だったという。つまり、あっというまの出来事だった。

気配も消せて、一太刀で斬ることができるだけの腕を持つ男……。

それが、辻斬りの正体だ。

そんな侍を見つけるのは、なかなか難しい……。

と——。

後ろから足音が聞こえてきた。

気配を消しているらしい。

剣呑な感じではないが、かなりの達人が歩いていると思えた。

千太郎は、かすかに腰を落として、身構えた。こんな場所でそれほど腕の立つ侍が歩いてくるとは……。

「おや……」

後ろから声が聞こえてきた。

その声には聞き覚えがあった。

「おや……あなたは」

「どうも、先日は失礼いたした」

町田保太郎であった。

「町田さんだったか」

「いかがいたしました？」

「いや、後ろから来る気配が普通のものではない気がしたのでなぁ」

「はぁ……それは嫌な思いをさせてしまいました」

保太郎は、腰を曲げる。

「いやいや、私が勝手に感じただけです。この場所だったので、よけい……」

「はて、ここでなにかが？」

「ご存知ありませんか。ここで数日前に辻斬りがあったのです」

「ほう……」

保太郎の目が光った。

「書画、骨董の目利きさんがどうしてこのような場所へ？」

「いや、なに、たまたまです」

保太郎の目つきは険しくなっている。

千太郎の顔をじっと見つめている。その目は、どこか険《けん》があった。先日、小刀を買ってもらって喜んでいたときの顔とは、まるで別人に感じられた。

なにをそんなに見ているのだ？

正体がバレたのだろうか？　いや違うだろう。浪人が稲月家を知っているとは思えない。

「いかがしたかな？」

千太郎が問うと、ようやく保太郎の顔に笑いが戻った。だが、それもどこかわざとらしい。作り笑いだ。

「いえ、なんでもありません」

保太郎に対する疑惑が生まれたが、表に見せるわけにはいかない。

「こちらに用事でも？」

千太郎の問いに、保太郎はちらりと横目を使う。為六が斬られていた場所を見つめているようだ。

「いや、なにもない」

いきなり、踵《きびす》を返した。

六

後ろ姿を見ると、かなりの腕であることが感じられる。腰がしっかりしているのだ。

足運びも油断がない。

後ろから狙われても、とっさに剣を抜いて対処できるだけのたたずまいである。

なにが狙いでここに来た？

下手人は、事件を起こした場所をふたたび訪ねるという。

まさか——。

保太郎が、辻斬り？

そう考えるだけの見込みは成り立つだろうか……。

いま、この段階だとまったくの白紙である。

辻斬りが起きた場所に来た、というだけで下手人と判断することはできまいが、それにしても、最初に会ったときの印象とまるで違いすぎる。

だとしても、いまここであれこれ考えたところで、結論が出る問題ではない。

保太郎をつけるか――。

後ろ姿はすでに、見えなくなっている。つけるのは諦めるしかないだろう。ひょっとしたら、若侍が斬られた場所に行ったのかもしれない……。

千太郎は、三人が一気に斬られていたという場所に行ってみることにした。

場所は、山下にある矢場のそばだということだった。三人は、そこの帰りだったのではないか、と予測できる。

それにしても、三人もいてひとりも敵《かな》わぬ相手だったのか。

保太郎なら、かなりの腕の立つ侍でなければ敵わないかもしれない。それだけの物腰である。

保太郎が辻斬りだとしたら、どんな理由があったのか？

それこそ本人に訊いてみないとそれは判明することではない。さっき、首根っこを抑えて訊いてしまえばよかったか。

そうもいくまい。

相手は浪人とはいえ、れっきとした侍だ。

千太郎の頭は千々に乱れてしまった。

そろそろ昼から夕刻に向かう頃合い。空が赤くなり始めている。心を落ち着かせたほうがいいだろう。

こんなとき市之丞がいたら、いい話し相手になるだろう、と一瞬、顔を思い出して苦笑する。

市之丞は、国許で大変な思いをしている頃だろう。年寄りたちが困らせているはずだ。だけど、そんな連中の言葉など何食わぬ顔で、聞き流せるのは、市之丞しかいない。

そう考えると、市之丞は貴重な家来……。いまさらながら、ありがたいものだ。

千太郎は、そんなことを考えながら、山下の矢場がある場所まで進んでいった。

と――。

なんと、予測どおり町田保太郎が矢場の前に立っていたのである。本当にいるとは考えていなかった。

思い切って声をかけることにした。

「保太郎さん」

「どうしてこんなところへ？」

「あ……」

「……それは、おぬしも同じではないか」

千太郎は、にんまりとしながら、

「下手人は、自分の仕事が終わったあとを見に来るという話がありますなぁ」

「…………」

「そんなことをちょっとだけ思い出してみました……」

保太郎の目つきが鋭くなった。

「それはどう言う意味です？」

「他意はありません。ただ、そんな、言葉を思い出しただけですよ」

「ほう……」

保太郎の顔が真っ赤に変化した。

夕日が映ったわけではない。怒ったのだろう。あるいは、困ったせいか。

矢場は店舗になっているわけではない。

柵で囲っているだけの作りで、日差しを直接受けてしまう。

それでも、矢を放つ台には矢場女がいて、汗を流しながら鼻の下を伸ばした男がたむろしていた。

千太郎も保太郎もそんな女たちの後ろ姿を見ているわけではない。

ふたりの間の空気は張り詰めている。

お互いが、相手の思考を読んでいるのだ。

先に目線を外したのは、保太郎だった。といって落ち着きをなくしたわけではない。

赤くなった顔も元に戻っている。

千太郎の挑発に乗ってしまったことに、苦々しい思いをしているように見えた。

「これで失礼いたす」

「ほう、お帰りか……」

保太郎は、返事をせずにそのまま、矢場から離れていった。

千太郎は、じっとその後ろ姿を見つめている。

やはり、保太郎はなにかを隠している。

それが、なにかはわからない。だが、千太郎を見る目には、挑発的な匂いがあった。

あまり裏を知られたくない、と、顔が物語っていた。

気を取り直して、三人が斬られて倒れていた場所を探索した。

何の変哲もない場所だった。

ここで斬られたとしたら、よほど無警戒だったということになる。

侍が三人もいて、ひとりも相手にならなかったのか……。

なにかが腑に落ちない。

三人を斬る前哨戦として、全次郎と為六を斬ったのか？

刀の試し斬りということも考えることができるかもしれない。しかし、どれを取っても、しっくりこない。

なにもはっきりしていないのだ。

なにかがおかしい……。

もう少し、最初から、考え直したほうがいいかもしれない。

千太郎は、もう一度、町田保太郎に会おうと唇を嚙み締めた。


保太郎の家に向かった。

根津神社の近くを通るとき、もう一度全次郎が斬られた場所を通った。

いまはまだ、人は歩いているがもっと遅くなったらどうなるだろう。近所の遊郭から人が出てくるだろう。

辻斬りがどこかで待っているということはないはずだ。そんなことをしていたら、顔を見られてしまう。下手人がそれだけの危険を冒すとは思えない。

だが、もし町田保太郎だったら、どうだろう。

保太郎の顔は、この近所で知られていたのではないか？

辻斬りが顔見知りの者だとしたら、誰も気がつきはすまい。

保太郎への疑惑はどんどん大きく広がっていく……。

気がついたら保太郎の家の前まで来ていた。すでに、夕刻から暮六つに近い。周りがそろそろ暗くなりかけていた。道端の草木も見えにくくなっている。

家の前に立ったが、会ってからどうするか、まだ決めていないことに気がついた。

家には明かりが灯っていない。まだ帰っていないようだ。

念のため声をかけてみた。

返答はなかった。

千太郎は、また戻り始めると、暗闇迫った向こうから、黒い影が歩いてくるのが見えた。

歩く格好から、保太郎だとわかった。

千太郎が待っていることに気がついたのだろう、影は足を止めた。千太郎のほうから、そばまで寄っていった。

「……なにをしているのだ」

保太郎の声は低い。

「なにかひと仕事終わらせてきたような息をしているな」

千太郎が先んじた。

「そんなことはどうでもいいではないか」

「いや、まぁ、余計なことだとは思うが……」

「……なにを狙っておるのだ」

「狙いとは？」

「それは、こっちが訊いておる」

「そうであったな……」

周りが聞いていたら、火花を散らすような会話だというのに、千太郎の態度にそんな雰囲気はまったくない。

保太郎は、ふたたび、ふぅと大きくため息をついた。

「なにが目的だ。どうして私にまとわりついてくる」

「いや、機嫌をそこねたら謝る」

「私だけだ」

「斬るつもりか？」

「なにをだね？」

「馬鹿な質問を……いま目の前にいるのは、私だけだ」

「あぁ、おぬしを斬ると？」

「私が訊いているのだ」

「あぁ……そうであったか」

「…………」

千太郎の惚《とぼ》けぶりは知っているのだろうが、こんなときにまで、のほほんとした対応をされて、保太郎は呆れ返っている。

「そんなことより……」

千太郎は、思い切って訊いてみることにした。

「なんだ」

「おぬしが、辻斬りか？」

「なんだって？」

保太郎は、口を開いたままだ。目は焦点がずれているように見えた。まったく頭のなかになかった質問をされたという目つきだった。

その姿を見て、千太郎は意外だった。まさか、そんな表情をするとは思っていなかったからだ。これは、まったく見当違いをしていたのかもしれない……。それが芝居だとしたら、團十郎《だんじゅうろう》も顔負けだろう。

「おぬしは関係なかったのか？」

「辻斬りは、おぬしではなかったのか？」

今度は、保太郎が千太郎に問うた。

「なんだって？」

同じように、千太郎はなにをいわれたのか、という目つきだ。それを見て、保太郎が薄笑いして、

「どうやらお互い、まったく同じことを考えていたようだな」

「そうらしい……」

ふたりは、顔を見合わせる。口元が微笑んでいる。

先に千太郎がいった。

「私はてっきり、おぬしが辻斬りではないか、と思ってしまっていた」

「じつは、私もだ……そんな惚け顔をしているのは、わざと辻斬りの正体を隠すためではないか、と疑っていたのだ」

「なんと……この顔が」

千太郎は、額を叩いて、いかんなぁ、と呟いた。その仕草がおかしかったのだろう、保太郎が大笑いをする。

「でも、どうして？」

保太郎が訊いた。

「それは、こちらが訊きたい。まぁ、私が辻斬りがおぬしだと思ってしまったのは、現場に舞い戻っていると、見たからでなぁ」

「おや、それは私もそう見たのだが……」

「なんとまぁ」

「ほんとに……」

ふたりはまた目を合わせて大笑いをする。ふたりで同じことを考えていたとは、これはまったくどじな話ではないか。

さらに、ふたりは、どうしてお互いが、この事件を調べているのか、と不思議な気がしたのだった。

千太郎が答えた。

「それは、山之宿の弥市親分とは懇意にしているのでな、それでときどきこうやって探索を手伝っているというわけでなぁ」

「なるほど……」

「で、お主はどうして事件を？」

「なに、辻斬りを捕まえたらどこかに仕官できるのではないか、とまぁ、そんな都合の良いことを思ったまでで」

「なるほど……」

それなら、事件が起きた場所を歩き回っていてもおかしくはない。

「で、なにか目星がついたかな？」

「いや……それが皆目《かいもく》……」

保太郎は目を伏せて答えた。

「やはり、素人が事件探索などをしても、証拠を手に入れることは難しいらしい」

ふむ、と千太郎も口を結んで、

「確かに……だが、ひとつだけいえることがある」

「それは？」

保太郎の目が光った。

「あまりにもめちゃくちゃな斬り方をしているということだ。計画性がないということは、出会い頭《がしら》に斬っていることになるのだが」

そこで、千太郎は言葉を切る。保太郎が、先を促した。

「全次郎にしても為六にしても、普通の町人だ。辻斬りだから、楽しんで斬っているということも考えることができるかもしれぬが、三回目の侍は、一気に三人も斬っている。ここに謎があるような気がするのだ……」

保太郎は、感心している。

「私はそんなことはまったく考えてはいなかったですよ。どうしてこんな人の多い場所で斬ったのか、そればかりを考えていました」

「それは、同じだが……」

「謎は解けないと？」

ふむ、と千太郎は悔しそうに頷くしかなかった……。

七

翌日、弥市が片岡屋に慌てた顔でやってきた。手ぬぐいを持っているのは、走りながら、汗を拭っていたのだろう。

「どうした？」

「辻斬りがわかりました！」

「なに？」

「例の、町田保太郎という男です」

「なんだって？　そんなわけはあるまい」

「あるまい、といわれても、本人がそういって自身番に自首してきたんですから間違いねぇでしょう。どうりであの野郎、気に入らねぇところがあると思っていましたよ」

「待て待て……弥市親分は、保太郎を知っていたのか？」

「へぇ。じつは、あの浪人が辻斬りだというたれ込みがあったんでさぁ」

「なんだって？」

千太郎にしてみると、そんな話は寝耳に水だ。つい昨日、保太郎とはなんとか本当の下手人を捕まえようではないか、と話し合ったばかりである。

それがどうして保太郎が、辻斬りだ、と自分から告白などしたのだろう。

自分は辻斬りなどではない、といったあのときの保太郎の言葉に嘘はなかったはずだ。それとも、見誤ったか？

そんなはずはない。あの目は潔白の目であった。

「保太郎はいまどこにいる」

「へぇ、根津の自身番に留め置かれています」

返事もせずに、千太郎は行くぞと、片岡屋を飛び出した。

山下から根津までは、ほんの目と鼻の先。

普段とは異なり、珍しく早足で歩き続けた。四半刻もかからずに、町田保太郎が捕まっている自身番に着いた。

保太郎は、板の間に縄を打たれていた。その縄は、羽目板に打ち込まれている金輪につながっていて、そうそう簡単に逃げることはできないだろう。

「どうしたのだ？」

千太郎が訊いた。保太郎の顔は思いのほかしっかりしていた。

目を見つめた。

やはり――。

保太郎は下手人ではない。

千太郎は、保太郎の前に立って、刀を抜いた。

「そこに直れ」

保太郎は、首をかしげ訝《いぶか》しげな目で千太郎を見つめる。

「あなたは……」

「よけいなことは考えずともよい。私の信頼を裏切ったのだ、ここで手打ちにしてくれる」

「なんと……」

「覚悟は良いか」

「…………」

保太郎の目にゆるぎはない。

その目を見て、千太郎はやはり、保太郎は本当の下手人ではない、と確信をした。

それなら、どうして？　疑問を解明しなければいけないのだが、本人は真実を隠そうとしている。

千太郎は、ゆっくりと刀を上段に持ち上げていく。

保太郎は、覚悟を決めたのか、目をつぶった。その顔はすでに死を決めている。

これではいかぬ……。本気で斬られるつもりだ。

千太郎はそれでも思いっきり上から刀を振り下ろした。しゅっと風を斬る音が自身番に響いた。

保太郎は、ゆっくり目を開く。

切っ先は、保太郎の横を通っていたのである。

「いかがしました……」

「やめた。抵抗をせぬ男を斬るわけにはいかん」

「それでは……これを外してください」

縄で縛られている手を前に差し出した。

「ほどいてどうする」

「尋常に戦って斬られましょう」

「負けると申すか」

千太郎の言葉は若殿の身分になっている。初めは驚いた保太郎だが、なにか気がついたのかわざわざ追及はしてこない。

千太郎は、そばにいる弥市を見た。

弥市は、不思議そうな顔をしている。ふたりがなにをやっているのか、わからない、という目つきだった。

「そんなことができるわけがありません」

そばには町役もいる。そんな勝手なことができるわけがない。だが、千太郎は、弥市に近づき、耳打ちをした。

「しかし……」

「保太郎は本当の下手人ではない。それを捕縛したとなったら、親分の名に傷がつくぞ」

半分脅しである。

弥市は、町役になにかを告げに行った。町役は、訝しげに千太郎を見るが、最後は頷いたようである。


風が出てきた。

木々の葉が擦れ合う音が聞こえてくる。

自身番から離れたところにある広場だった。誰も周りにはいない。

千太郎と保太郎が対峙していた。

ふたりが手にしてるのは、真剣ではない。木剣である。

風に保太郎の鬢がはためいている。きっちりと結いあげてある千太郎の髷はそよとも動かない。

どちらが先に仕掛けるのか、弥市はじっと見守っている。だいたい、自分が斬ったと告白してきた下手人をこんなところに呼び出して、斬り合いをするなどというのは前代未聞だろう。

それでも弥市が千太郎の申し出を聞いたのは、千太郎が持っているなにか、不思議な力に惹かれたからだった。普通の侍にはない力を千太郎は持っている。

それにかけてみようかと弥市は思ったのだ。こんなことが奉行所に知れたら大変なことになるだろうが、そんなことはどうでもよかった。

ふたりは、じっと対峙したまま動かない。

保太郎の袴の裾が風になびいている。千太郎の袴は仙台平のせいかそよとも動かない。それだけ生地がしっかりしているのだ。

やがて保太郎がじりじりと右に回り始めた。

その動きを追うように、千太郎も右に動いていく。

亀か、かたつむりかという程度の動きだった。

さぁっと風が強く吹いた。千太郎が少しだけ風を避けるように顔を動かした。その瞬間だった。

「きえ！」

保太郎が切っ先を伸ばしたまま、千太郎に飛び込んだ。

剣先を寸の間ではずした千太郎は、横っ飛びになりながら、剣を右に薙いだ。

保太郎は体《たい》を躱してそれをはずし、返す刀で、袈裟斬りに千太郎の左肩を狙った。

千太郎は、右に逃げながら、鎬で敵の剣を滑らせた、そのとき、

「こっちだ！」

右斜め上段から、袈裟に斬り下ろした。

保太郎の左肩が叩かれた。

がくりと腰を落とした保太郎は、強かった、と呟いた。

「あなたさまは……」

「私か？　私はただの目利き侍だ……だがな、目利きをやるのは書画骨董、刀剣だけではないぞ。人間の目利きもできるでな……おぬしが下手人かどうかの目利きくらいはできるのだ……」

「……………」

保太郎は、頷きながら、

「剣筋から身分の高きお方とお見受けいたしました……」

「まさか……私は、自分の過去も忘れたただの目利き屋だ。それ以外の何者でもないのだ。わかったな」

最後は慈しみの目であった。

保太郎は、跪《ひざまず》きながら、は……と頭を垂れている。

「では、聞こうか。本当のことを」

はい、と保太郎が語り始めた。

それによると……。

あるとき、清水屋という金貸しから借金をした。ところが、その金を返して帰ってきたのだが、家に戻ってみると、その金貸しからすぐ伝達が来て、金が戻っていない、といわれた。

保太郎がまた持って帰ったのだろうということになったというのだ。

そんなばかなことはない、と答えたのだが。

その場にいた番頭が、一度はもらったがすぐ横に置いていて、そこに保太郎がいた。ほかに誰もいなかったのだから、持って行きようがない。それができるのは、保太郎だけだ、と主張したというのである。

その番頭は、助左衛門《すけざえもん》といい、その店では三十年近く奉公していて、周りからの信頼は厚い。助左衛門が盗むとは誰も考えはしなかったらしい。

金貸しの主人は、保太郎とは五年前からの碁敵《ごがたき》。金を盗んで帰るようなことをする人ではない、と知っていたが、助左衛門の主張を覆《くつがえ》すだけの証拠が出てきたわけではなく、保太郎の仕業と断定するしかなかったというのであった。

しかたがなく腰の小刀を売ってそれでもう一度、返済するということにした。

「それで、私を呼んだということか」

はい、と保太郎は頭を垂れる。

「それと、今回の自首とはどのような関わりがあるのだ」

「正直な話まったくありません。武士として金を盗んだなどという辱めを受けておめおめと生きているわけにはいかず、それで……いわば、根なし草の意地とでもいいましょうか……」

「しかしそんなことをしても、下手人はのうのうと暮らし続けることになるではないか」

「そこです……私がこうやって名乗り出たことによって、本当の下手人は喜ぶことでしょう。そこで、千太郎さまに、後を託そうと思ったのです」

「なんと……だけど、辻斬りを捜していたではないか」

「本気で捜していました。ですが、昨日、また番頭がやってきて、金を持ってこい、といわれたのです。そうしなければ、先の件を周りに知られるようなことになる、と

「……」

「それは、体《てい》の良い脅しではないか」

保太郎は、沈んだ顔をした。

「よし……」

千太郎はまずはその金の紛失を解決しよう、と告げるのだった。

八

弥市は千太郎に頼まれて、助左衛門を調べた。すると、女がいることが判明した。番頭が女を抱えることができるのだろうか？

調べると、目黒村のほうに寮まで持っていたのである。

つまり女にけっこうな金を使っていることがわかったのだった。そして、ちょうど町田保太郎が金を返しに行った頃、助左衛門は、その女、お道《みち》と別れ話が出ていたのである。新しい女ができたのが原因らしい。

弥市は、お道の素性を突き止めて、会いに行くと、別れ金をもらった、というのだった。

その金額は、保太郎が返したときと同額だったのである。

その話を聞いて千太郎は、助左衛門の仕業と断定した。

由布姫が片岡屋に行くと、待ってましたとばかりに、千太郎に頼まれごとをされた。

やることは簡単だった。保太郎が金を盗んだという店にいる番頭、助左衛門をたぶらかすことだった。

「雪さんのその美貌があるから頼むのだ」

千太郎は、そんな歯の浮いたようなことをいった。

苦笑しながらも、由布姫は、助左衛門が歩いているときに、わざとぶつかって、

「この人は私の財布を盗んだ！」

と叫んでくれ、といわれたのだ。

そこに、千太郎が出ていき、私の連れ合いになにをするのだ、と脅しをかける。

助左衛門はそんなことはしてない、と言い訳をすることだろう。だけど、千太郎は許さない。

ちょっと付き合ってもらおう、といって、町田保太郎と対面をさせたのである。

ことは思いのほか簡単に進んだ。

そしていま、保太郎と助左衛門は対面している。片岡屋の離れである。

そばに、千太郎と由布姫。

保太郎が、詰め寄っているところだった。

あの金は、本当はどうなったのか？

「あんたが盗んだのだろう。お道との手切れ金がなくて困っていたところに、うまい具合に私が金を返しに来た。金額が一緒だった。そこで、あんたは、あの金を自分の懐に入れた。そして、私が持って帰ったことにしたのだ」

助左衛門は、そんなことはしていない、と逃げ回る。だが、千太郎の合図でお道を弥市が連れてきた。

お道は、助左衛門には金がなかったのに、いきなり手渡しされたから驚いた、という話をしたのだった。

そのときにもらった金子《きんす》を包んでいた袱紗《ふくさ》を持ってきてもらった。その袱紗の裏地には、町田家の家紋である、二引き紋がうっすらと入っていたのであった。

とうとう助左衛門は逃げおおせることができなくなり、頭を下げて謝った。

「本当は、首を斬るところだが……」

保太郎は、そういって鯉口に手をかけた。

「しかし、お前のような者を斬って刀の錆《さび》にはしたくない。真実がわかっただけで許してやる」

保太郎はいった。

「今後、同じようなことをする姿を見つけたら、そのときは斬るからそう思え」

助左衛門は、清水屋では長年の奉公人として人望がある。それを裏切った行為は許せないが、仕方がない……と保太郎は助左衛門を許したのだった。

助左衛門は、平身低頭で泣き続けていた。


助左衛門とお道が帰った後──。

千太郎は、ひとりごとのように囁いた。

「このようないい侍が仕官もできずに、市井に暮らしているのはどうなのだ……」

保太郎は、いやそれは仕方がないのだ、と寂しく答える。

それを、由布姫は真剣な眼差しで聞いていたのが印象的であったのだが……。

保太郎も帰った後、由布姫は千太郎に、

「あの者を仕官させたいのですか？」

「そうなればいい、と思ったのだがな。腕も立つ。きっぷもいい。いまどきあれほどの侍はいない」

「そうですか……」

由布姫は、千太郎を誘って外に出た。

夏の日差しが強く降り注いでいる。

山下から下谷の広小路に出ると、とたんに人の通りが多くなる。

「しかし、あの者はどうして、辻斬りをやったなどといいだしたのでしょうねぇ」

「侍の矜持《きょうじ》を守りたかったのだろう」

「やってもいないことを告白するとは……」

「それだけ、侍の気持ちを保っていたかったということだろう……」

「侍の鑑《かがみ》ですか？」

「さぁ……それは私にはわからぬが……わかるのは、いまはあれほどの者はなかなかいないだろう、ということです」

「そうですか」

由布姫はにこりとしながら、

「仕官の道が開けたらいいですねぇ」

「……おそらく、数日の間にそのような使者が行くのではありませんか？」

千太郎が意味ありげに、由布姫の顔を見つめる。

「まぁ……」

これは、私になんとかしろ、といっているらしい……。

由布姫は、心のなかで笑いながら、

「あるかもしれませんねぇ」

と調子を合わせた。

夏はまだ真っ盛り。ふたり胸の内も暑い。

そこに、弥市が駆け足で寄ってきた。

「旦那！」

「どうした！」

「また、辻斬りが出ました！」

第四話　にごり雲

一

辻斬りがまた出た。

弥市の報告に、千太郎だけではなくそこにいる皆が顔を見合わせた。由布姫は、顔を曇らせて、

「どこに出たんですか？」

「今度は深川の、仲町《なかちょう》です」

「仲町というと……」

「遊郭が集まっているところです」

「斬られたのは？」

由布姫が勢い込んで訊いている。

「遊女じゃありません。いままで斬られてるのは、男だけですから。今度は侍ではありません、遊郭で働いていた男です」

弥市によると、斬られて倒れていたのは、三十三間堂の前。やはり、一刀のもとに斬られていたそうだ。

「同じ下手人でしょうか？」

「おそらく、切り傷から見ると……」

「早く捕まらないと、怖くて外に出ることもかないませんねぇ」

由布姫は本当に怖そうな顔をする。

「まぁ、ここにいる人たちは斬られるようなドジは踏まないと思いますが。でも、ほかの人たちは……」

奥で帳簿をつけている治右衛門に目を向けると、じろりと睨み返され、弥市は、

「まぁ、誰もいねぇか」

と苦笑した。

「で、旦那……」

探索を手伝ってくれないか、という顔つきである。

「しかし、親分……深川は縄張り違いではないのか？」

弥市は、山之宿が根城だ。

浅草奥山を中心としたところが縄張りである。深川にはそのあたりで働いているご用聞きがいるだろう。

「確かに、深川には、鳥居《とりい》の洋介《ようすけ》という親分がいるんですがね」

その親分の肝煎《い》りで探索を頼まれている、というのである。

千太郎は、なるほど、という目をしながら、「近頃、親分はあちこちで顔だからな」

「……そんなことはありませんが」

機嫌良さそうに、鼻を蠢《うごめ》かせている弥市に、

「では、その斬られた人たちに共通性はあるんでしょうか？」

由布姫が問う。

「いや……それがいまのところ、まったくわからねぇ」

「以前は、三日おきに起きていたが？」

千太郎が、思い出しながら訊いた。

「へぇ、でも、それもどうやら規則性はねぇようで……」

「そうか……」

手がかりはほとんどない、と思ったほうが良さそうだった。

「あの町田保太郎という浪人が、鍵だと思っていたんですがねぇ」

弥市は悔しそうである。

しかし、それにしても動機がまるでわからない。

規則性もないとなったら、どこから調べたらいいのか、と弥市は口を尖らせながら、

「困りましたぜ……」

「まぁ、なんとかなるだろう」

「そんな呑気なことをいっていると、また、犠牲が出てしまいまさぁ」

「そうか……」

千太郎もさすがに、暗い顔をする。

由布姫は、調べるにしてもどこから手をつけるんですか、と不安そうに声をかけるしかなかった。

そこに——。

「お邪魔します」

店の入口から、大きな声が聞こえてきた。

「あれは？」

弥市が顔を上げた。

「市之丞さまではありませんか？」

千太郎は、不思議な表情で、

「いや……まだ帰らぬはずだが」

「しかし、あの声は……」

「ふむ、確かに市之丞だったな」

千太郎にしてみると、まだ、国許にいるはずだ、という思いがある。江戸に戻ってくるとは聞いていないのだ。

どんどんと足音がして、いま千太郎たちがいる奥の部屋まで向かってくる。

障子が開いて、

「お懐かしい顔が揃っていますなぁ」

確かに、その顔は市之丞だった。

「お前……」

千太郎が驚きの目で見ている。

「ただいま戻りました」

ていねいに、手をついた。

「これ……」

みんなの前でそんな態度を取るな、と目で示唆をすると、市之丞は、はっと顔を上げて、

「これはこれは、雪さん」

「市之丞さん、どこに行っていらしたのです？」

「いえ、ちと野暮用がありまして……それにしても、雪さんは相変わらず、お綺麗です」

「なにをばかなことを」

あはは、と屈託のない笑いを見せてから、

「志津さんはどこにいますか？」

と訊いた。

由布姫は、どう答えようかと考えていうちに、

「お前が迎えに行けばよいではないか」

千太郎が先に答えてしまった。

しかし、いま志津は屋敷にいる。実家にいるわけではない。由布姫もすでに、志津の家から屋敷に戻っているのだ。

いくらなんでも、姫様が外でいつまでも暮らすわけにはいかなかったのである。

本来、武家の屋敷勤めは暮六つまでに帰るという決まりがある。

さらに、外泊は許されない。

したがって、江戸で暮らしている侍たちは、夜は出歩くことはできなかったのである。そこで、遊びはほとんど昼おこなっていた。

勤番は昼過ぎには終わるからである。

もっとも、そのあたりにも例外はあり、てきとうにごまかしながら、夜も遊んでいる連中がいたことは間違いないのであるが……。

そんな生活のなかで、姫様がいくらじゃじゃ馬姫だとしても、いつまでもかってに市井で生活することなど、もってのほか。

あまりにも、周囲からの圧力が強くて、由布姫は屋敷に戻るしかなかったのだ。そこで、志津も屋敷勤めに戻ったのである。

「ということは、雪さんのお店ですね」

いまにでも会いに行きたいという顔つきである。

「さぁ……」

由布姫は、曖昧なことしか返事ができない。

「そういえば……雪さんのお住まいはどこなのか、聞いていませんでしたが」

弥市が首を傾げて訊いている。

ここまで仲間になったのだ、住まいくらいは教えてくれてもいいのではないか、というのが弥市の言い分だろう。

しかし、由布姫にしてみると本当のことをいえるわけがない。

「それは、おいおいに」

そういってごまかすしかないのだ。

「いや、雪さんはなぁ……ちとわけありなのだ。だからな、あまり追求してあげるな。雪さんが困るだけだからな」

千太郎が、助け舟を出した。

由布姫は、目でありがとう、と応じた。

「市之丞さんが戻って、またにぎやかになりましたなぁ」

治右衛門が入ってきて、その鈎鼻の顔を蠢かせた。手には、なにか持っている。どうやら、千太郎に目利きをしてもらいたいらしい。

「それは？」

風呂敷包みになっている。

「なにやら、古書らしいのですが……」

私には読めません、と千太郎に渡した。

千太郎が包みを解くと、ぷんと古めかし匂いが漂った。

「ほう……これは珍しい」

「なんです？」

弥市が興味深そうに訊いた。

「これは……平家物語だ」

「へいけ……」

「知らぬか」

「会ったことありませんねぇ」

「会えるわけがあるか」

「さいですかい」

弥市としても半分は冗談である。

市之丞は、あまり興味がなさそうだ。いまは志津のことしか頭にないのだろう。そわそわしている。

由布姫は、市之丞の気持ちに気がついているが、だからといって、屋敷に行けとはいえない。

それに、志津はまだ市之丞が戻ってきたことは知らない。

早く会わせてあげたい気持ちもあるのだが、そうそう、簡単にはいかないのだ。

千太郎は、ぱらぱらと古書をひもといていたが、

「で、治右衛門さん、これをどうしろと？」

「さる大名からの持ち込みでな」

「ほう……」

「いくらで売れるかと訊かれたのだ」

「しかし、これを売るとは……」

もったいない、と呟く。

「そんなにいいものですかい？」

弥市は不思議そうだ。

「いや、いいものというより、これを読むことで、合戦のときの状況、政《まつりごと》の動きなどを学ぶこともできるのだ」

「へぇ、そんなもんですかねぇ」

「そんなものだ」

弥市はさっぱりわからねぇ、と首を傾げるが、

「まぁ、それはそうと……」

「わかっておる、いまから、深川に行ってみよう」

「そうこなくっちゃぁ」

ふたりが張り切っているのを見て、市之丞は、

「私はいかがいたしましょう」

「勝手にいたせ」

冷たい千太郎の言葉だった。

市之丞は、不服そうな顔をして、

「では、ご一緒いたします」

「おや、志津さんはおらぬぞ」

「いつでも逢えるでしょう。雪さん、そうですね」

市之丞がすがるように見た。

「そうですねぇ、明日、連れてきましょう」

「それはうれしい」

いきなりパッと顔が明るくなった市之丞であったが、

「やはり、私は戻ります」

「どうしたのだ」

「ちと、用を思い出しましたので」

おそらく、まだ下屋敷に戻っていないのであろう。江戸についたら、すぐ片岡屋へ来たに違いない。

千太郎は、そうかとひとこといいながら、目配せで源兵衛によろしく、と伝えた。

二

「親分、ちょっと辻斬りについておさらいをしよう」

片岡屋を出て、歩きながら千太郎が弥市に訊いた。

「へぇ……」

事件が起きたのは、水無月六月の中頃だ。いまはそろそろ、文月《ふづき》になる季節。

最初に斬られたのは、仏具屋の全次郎。斬られて倒れていたのは根津神社の鳥居の前。

二人目が為六という大工。斬られて倒れていたのは、不忍池のそば、五条天神の近くの路地。

三人目、というか三回目は、山下の矢場のそばで、若侍が三人、一度に斬られていた。

これは、どこの家中かまだはっきりしていない。

屋敷からの届けもない。

つまり、どこの誰かがまるで判明していないのだ。

これでは、どこから手をつけていいのか、弥市としても、頭を抱えるのは、当然のことだろう。

だいたい、辻斬りなどというのは、目的は金ほしさが多いはずである。あるいは、とんでもない道楽殿さまが新刀の試し斬り、などという話もあるが、そうそうそんなことが起きるものではない。

ほとんどの目的は金だ。

つまりは、強盗である。

だが、三回目の辻斬りは、そのどれとも異なり、異様な体《てい》を見せている。

第一、人数が多い。

おそらくは、同一人物による犯行であろう。

まずは、切り口が同じだ。

数人が同じ剣筋を使うとは考えにくい。

全次郎は別にしても、為六が盗まれるほどの金を持っているとは思えない。

さらに、若侍を殺したのは、なに故か。

「しかし、まったくわかりませんや」

弥市は、お手上げだという顔をする。

「親分、諦めてはいかぬ」

「そんなことはねぇですが……」

「顔が暗いぞ」

「これは生まれつきでさぁ」

「そうとは思えぬな」

「さいですか」

「今日はあまり乗って来ぬな」

「遊んでいる暇はありません」

千太郎が苦笑しているうちに、永代橋が見えてきた。

深川の通りを進む。

富岡八幡の大きな一の鳥居を通り過ぎ、さらに二の鳥居も過ぎた。八幡さまの入り口の周辺には、屋台が並んでいるが、そんな店には見向きもせずに、千太郎は、三十三間堂に向かっていく。

弥市は、ちょっと小腹が空いた、という顔をするが、

「太るぞ」

のひとことで、弥市は屋台の前から離れた。

日頃から、近頃は腹が出てきたことを気にしているのだ。

恰幅を気にする商家の旦那などは太ったところで気にはしない。むしろそれが、お大尽に見えると喜ぶのだが、

「ご用聞きが太ったら、いざというときに動けぬではないか」

千太郎の言葉が気にかかって仕方がない。

業腹《ごうはら》だが本当のことだろう。

「それにしても……」

弥市が呟く。

「どうした？　腹が減ったか」

「違いまさぁ」

弥市は、全次郎にしても、為六にしても、おそらくは、侍ではないが、犬死ではないか、という。

「それは、なぜだな」

「だって、そうじゃねぇですかい。この事件は殺しでしょう」

「確かに」

「金は盗まれていねぇ。目的もわからねぇ。三人の侍を斬るために、その前哨戦のようなものだとしか思えねぇ」

「なるほど」

「となると、侍が斬られるために、犬のように斬られたということでしょう」

「ふむ……」

それは、千太郎も考えていたことだ。

「おそらくは、若侍を斬るのが目的……」

「だとしたら、町人が斬られたのは、ばかな話ではありませんかい」

「確かにのぉ」

千太郎としても、反論はない。

「まずは、あの若侍たちの身元を徹底的に調べることかもしれぬ……」

「へぇ……」

死骸は、三十三間堂に近い自身番に横たわっていた。

死骸には薦がかけられている。

足が薦の下から出ていて、爪が黒かった。

千太郎は、死骸を検《あらた》めながら、首を傾げている。

「身元はわかっているのかな？」

「はい」

と町役人が応じた。

それによると、この男は名前を与五郎《よごろう》という。遊郭の使用人だ。

「死体はどこにあったのだな？」

「永代橋の袂です」

「ほう……ということは、辻で斬られていたわけではないのだな」

「橋の袂に寝っ転がっていましたからねぇ。辻とはいえませんね」

「そうか……」

千太郎は、それならいままでの辻斬りとは異なるところがある、と呟いた。

「ですが……切り口は同じかと」

弥市が訊いた。

「確かに……ここになにか見つかるかもしれぬ……」

「なんですかねぇ」

「いままでは、一応は辻斬りの形は守っていた。だが、今回は橋の袂というすぐ見つかる場所で斬られている……」

「そこに問題がありそうですぜ」

「おそらく、全次郎や為六は目くらましのためだ。だが、今回は突発で、最初から狙われて斬られたのだ……」

「それはどうしてわかるんで？」

「見てみろ……」

千太郎は、薦を開いた。

「この手だ……」

なにか問題があるのか、と弥市は手を検める。

「傷がいっぱいあります」

「それは、自分を守ろうとして、相手の刀を手で避けようとしたときにできた傷だろう」

「ですが、まだ手を見たこともなかったのに、どうしてそこまで？」

「足を見てみろ」

「黒いですが……」

「これは、泥が爪に入ったのだ。普通に歩いていると、ここまでは泥がつまったりはしないはずだ」

「ということは……逃げ回ったと」

「そうに違いない。つまり、いきなり斬りつけるのではなく、一応、戦ったということになる」

「なるほど……」

そこに、大柄な岡っ引きが入ってきて、弥市に挨拶をする。これが、深川の親分、鳥居の洋介親分だろう。

「親分……わざわざ山之宿から出張ってもらって……」

「鳥居の……ご苦労様です」

「で、どうだい？」

「へぇ……」

弥市は、千太郎を見てから、

「こちらは、あっしの手下といっちゃなんだが、後見人のようなお人でね」

鳥居の洋介は、じろじろと千太郎を見つめて、

「なるほど、親分がいい手下を使っているという噂は本当だったらしいなぁ」

「いや……それほどでも」

そこに、深編笠をかぶった侍が入ってきた。

「なにかご用ですかい？」

町役人《ちょうやくにん》が問う。

「……いや、なんでもない」

その侍はすぐ、自身番を出ていった。

「親分、つけろ」

千太郎が厳しい声で命じた。

へい、と慌てて弥市が動いたところ、

「待て、あっしが……」

鳥居の洋介が、その大きな体にしては敏捷に動いた。

「あの親分は、出来るな」

「そうですかい」

「あの動きは只者《ただもの》ではない」

「しかし、侍に目をつけたのは？」

千太郎は、ふむと難しい顔をして、

「あれは、剣の達人だ」

「どうしてわかるんです？」

「入ってくるなり、私を見て腰をかすかに落とした」

「はぁ……」

弥市は、なんだかわからねぇ、という。

「あれは、すぐ抜刀できる体勢を作ったのだ……」

「どうしてです？」

「私を見て、とっさにそんな態度を取るということは、並の人間ではないということになる」

「つまり、旦那の腕に気がついた、ということですかい？」

「そのとおりだ」

しょってる、という言葉は出なかった。

千太郎の腕を一番知っているのは、弥市だろう。いままでも、その剣術の凄さは何度も見ている。

「あの深編笠は、なにをしに来たんですかねぇ？」

「おそらくは死体を検めに来たのだろう」

「死体を知っている、ということですかね」

「そうに違いない」

深編笠は、入ってくるなり、とっさの間に千太郎を見て、次に蓆から出ている顔に目を向けた。

その間、ひと瞬きしたくらいだろう。

「あの侍は出来る……」

千太郎は、緊張の面持ちを崩さない。

「そんなにですかい」

「かなりの腕と見た」

「へぇ……」

あの一瞬の間に、それだけのことを判断する千太郎の眼力も凄い。只者ではない侍は、ここにもいる……。

弥市は、改めて千太郎の顔を見つめた。

「どうした」

「しかし、千太郎の旦那は凄い人ですねぇ」

「なんだ、いまになって」

「……まぁいいですが。まだご自分のことは思い出せねぇのですかい」

千太郎は、苦笑いを見せながら、

「当分、忘れたほうが親分ともこうやって、話ができる。本当の自分を思い出したら、江戸の町も歩けなくなるかもしれんからな」

「そんな馬鹿な」

大名とは弥市は夢にも思ってはいない。

そこに、鳥居の洋介親分が帰ってきた。

「どうしました？」

浮かない顔つきである。どうやら、撒《ま》かれたらしい、と弥市は気がついたが、敢えて、そんなことはいわない。

洋介親分は、弥市のそんな気遣いに頭を半分下げながら、

「撒かれた……あの侍は只者じゃねぇ」

「やはり……」

答えたのは、千太郎だった。

「どちらの方向に行ったのだ」

横柄な態度ながら、にこにこしている千太郎の存在が不思議らしい。

「へぇ……」

さっき会っただけなのに、へりくだっているのは、侍だということだけではないだろう。千太郎の持っている世間とは異なる光のような雰囲気を感じているのだ。

「永代橋を渡ったところで、撒かれてしまいやした」

「橋を渡ったのか」

「そこまでは確実に見えていたんですが……」

「渡った先で見失った……」

「面目ねぇ」

「いや、洋介親分、気にすることはない。おそらくは、誰が後をつけても、撒かれていたはずだ」

「そんなに、凄い野郎ですかい」

千太郎は、さきほど弥市に教えたと同じ話をした。

鳥居の洋介は驚いて聞いている。

「なるほど……」

「よし、そこまで行ってみよう」

鳥居の洋介が、こっちです、といって先に自身番を出た。どことなく、空気が湿っていた。

やがて雨になるのではないかと思える空模様のなか、千太郎、弥市、鳥居の洋介の三人が、永代橋に向かって歩き始めた。

三

永代橋は長さ百十間、幅三間。

元禄《げんろく》十一年に、五代将軍、綱吉《つなよし》の五十歳の祝いとして架けられた橋である。

隅田川では最も下流にあり、船手番所がそばにあり、多くの廻船が通過する。そして、一度落ちている。

文化四年八月十九日、深川富岡八幡宮の十二年ぶりの祭礼日に、大勢の群衆が詰めたため、その重さで落ちたのだ。死者の数はなんと千四百人に上ったという。

この事故について、大田南畝《おおたなんぽ》は、こんな狂歌を残した。

「永代と　かけたる橋は　落ちにけり　きょうは祭礼　あすは葬礼」

千太郎は、そんな話をしながら、百十間の橋を渡りきると、すぐ左側に作られた船番所に目を向けながら、

「今日もごくろうさま」

そんな声をかける。

「誰かご存知の者でもいるのですか？」

鳥居の洋介親分が訊いた。

「いや、ただ声をかけただけだ」

その返答に、はぁ、と呆れた顔をする。千太郎のこんな気まぐれに、まだ慣れていないのだ。

弥市は、いつものことなので、またですか、と冷たい笑いを見せるだけで、面白くもなんともない顔をしている。

橋を渡りきると千太郎は、船番所から通りに目を移動させた。

左に掘割が続き、小さな橋の姿が左手と先に見えている。

手前が、豊海橋で、向こうが湊橋《みなと》。

そのまま、真っすぐ掘割を進んでいくと、鎧《よろい》の渡しに出て、さらに遡ると、江戸橋、日本橋に続くのだが、そこまで行くことはないだろう。

千太郎は、足を止めたまま、周囲を見回している。

北新堀町です、と弥市が教えた。

「元禄の頃には、この橋を使って、赤穂浪士たちが、泉岳寺に行っておるのだなぁ」

千太郎が呟いた。

武士の千太郎は感慨深げであったが、弥市と洋介、ふたりのご用聞きは生返事をするだけである。そんなことにはあまり興味がない。

「さて……」

洋介親分、と声をかけて、千太郎は口元を引き締めながら、

「どのあたりで姿を見失ったのだな」

「へぇ……」

鳥居の洋介は、困った顔をして周囲を見回し、もう一度、体ごとぐるりと回って見せた。

「すみません」

「いいのだ、どうした」

「はっきりいいまして、橋を降りた瞬間にいなくなったので、どこまで姿が見えていたのか、よくわからないのです」

「それは困った……」

眉をひそめる千太郎に、弥市が言葉を挟んだ。

「橋桁から降りたんじゃありませんかね」

永代橋は、橋を支える支柱が長いのだ。船が数多く出入りすることも関係しているようだし、また、海が近いために満潮時には、海面が上がるためだ。

それだけに、永代橋は江戸でも有数の大きな橋なのであり、つまり橋から降りて桁に捕まっていたら、見えないだろう、というのが弥市の言い分だ。

それは、無理だと千太郎だけではなく、鳥居の洋介も、首を振り否定する。

と、千太郎がなにかに気がついたらしい。

右側に高尾稲荷という神社があり、そのなかにすたすたと進んでいった。慌てて、岡っ引きふたりが追いかける。

狭い本堂への道があり、左右には申し訳程度の樹木が並んでいるなかを、千太郎は正面にある本堂に向かった。

鳥居から、ほんの十歩ほどで本堂にぶつかった。

「ここになにかあるんですかい？」

弥市が、不思議そうに見渡した。

「いや……」

質問には答えず、千太郎はじっと本堂を見ていたと思ったら、次には、その裏側に回っていった。

ただ、本堂の建物があるだけで、裏にあるのは、狭い道だけだった。すぐ後ろは、御船手蔵の土塀が迫っている。

人が隠れられるようなところがあるようには見えず、弥市も鳥居の洋介も手持ち無沙汰にしている。

本堂を一周してから千太郎が、

「鳥居の親分……こちらへ」

手招きして、ふたたび本堂の裏に回っていく。

「へぇ、なにか……？」

鳥居の洋介は、怪訝な目をして、千太郎の後に続いた。弥市も一緒に、本堂の裏へと進んでいく。

「これを見てみろ」

千太郎が手を伸ばした先に、かすかな窪みがあった。

「これは……」

「誰かが身を隠した跡だ……」

いわれてみると、左足はべったり跡が残っていて、右足と思えるほうは、かかとが上がっているように見えた。

「なるほど……」

弥市も、得心したらしい。

「ここで、しゃがんでいたんですね」

「そういうことだ……」

つまり、あの深編笠の侍は、鳥居の洋介親分が、後をつけていることに気がついていたわけだ。

「あっしの尾行がばれていた……」

鳥居の洋介は、顔を伏せた。

「なに、心配はいらぬ。普通なら岡っ引きに後をつけられたら、身を現してどうしてつけてくるのか、尋ねるはずだ。それをしなかったのは、やましいことがあるからに違いない」

「そんなもんですかいねぇ」

「そんなものだ」

笑いながら応じる千太郎の顔に救われたのだろう、鳥居の洋介も、笑みを返して、

「しかし、ばれたのはあっしの失態……」

「あの男なら、どんな腕扱《うでつこ》きの岡っ引きが尾行しても、必ずばれていたはずだ。嘆くこともない」

「そうですかねぇ……」

気にすることはねぇです、と弥市も肩を叩いた。相手が悪かったと、弥市は慰めた。

「だけど、とっさに本堂の裏に隠れることができた、となると、このあたりに明るくなければできねぇ動きですねぇ」

「さすが、鳥居の親分」

弥市がおだてると、千太郎もそのとおりだ、と応じながら、

「つまりあの深編笠の侍は、近辺をよく歩いている、という予測が立てられるのだが……どこが目的なのか……」

「……簡単にわかるようなことではありませんや」

弥市は、半分諦め顔をするが、千太郎は、そんなことをいわずに、もっと周りを歩いてみよう、と答えた。

近所を捜すといっても、稲荷社の裏は、御船手蔵だし、すぐとなりは、久世長門守《くぜながとのかみ》の中屋敷が続き、さらに、大川に沿って、松平、土井、田安家と下屋敷が並んでいる。田安家と聞いて、千太郎の眉がぴくりと動いたが、それにはふたりとも気がつきはしなかった。

日本橋方面に向かって湊橋を過ぎると、酒井家の中屋敷があるが、その間には大川から続く、掘割が流れ込んでいる。

それ以外も、武家の中屋敷、下屋敷が並んでいるために、どこかの家臣としても、それを特定することはできまい。

途方に暮れながら、弥市は、どうしたものか、と千太郎を窺ったが、千太郎としても、これだけで、なにか目星をつけるのは、難しいだろう。

「旦那……どうします？」

「まぁ、いいから歩き回ろう。犬も歩けば棒に当たる、だ」

「どうせ、あっしたちは犬ですかね」

口の悪い侍などには、町方は、犬、と呼ばれているのだ。

そんなことを気にする弥市ではないことくらいは、千太郎も知っているので、敢えて、その言葉は無視をした。

歩くといっても、掘割沿いをまっすぐ行くしかないだろう。湊橋までは左右を南北の新堀町の町並みが続くだけで、目新しいものがあるとは思えない。

「旦那……このあたりでなにか聞き込みをしてみますか？」

弥市が、いった。

「深編笠の侍がいつも歩いているとしたら、見ているものは大勢いるはずでしょう」

「なるほど」

頷きながら、千太郎は頼む、と応じた。

じゃ、あっしは、南のほうを歩いてみましょう、と鳥居の親分が申し出たから、弥市は喜びながら、

「親分、よろしく頼みます」

頭を下げながら、十手をしごいた。

「まぁ、このあたりは俺の縄張りだからな」

自信ありげに、胸を反らした。

四

「どうした……」

深編笠を取った侍は、前にいる男に目を向けると、

「危ないところだった」

「どうしたのだ？」

「おかしな侍があの自身番にいたのだ。だから、すぐ逃げてきた……」

「誰なのだ、それは」

「わからぬ、わからぬのだが……」

深編笠の侍は、目を細めながら、

「どこかで会ったことがあるような気がするのだ……思い出せぬ……」

この深編笠の男……。名を、堀口大三郎《ほりぐちだいざぶろう》といって、御三家の尾張家から別れた、緒《お》方《がた》家、緒方備中守《びっちゅうのかみ》の江戸家老である。

備中守は、一万三千石の殿さまだ。

だが、気持ちだけは大きく、しかも先祖は尾張につながる、と心のなかではいまの

境遇に満足はしていないのであった。

いまでは、ほとんど尾張家とは関わりがなくなっているのだが、先祖、緒方大和守《やまとのかみ》が、尾張家が公儀から睨まれたときに、力を発揮した。

それを尾張家が大事に思って、重臣だった緒方宗右衛門《そうえもん》を公儀に口を利いて一万三千石の大名に取り上げてくれたのである。

その先祖の力をもう一度、自分の代で取り戻そう、と無理をしている。

そこで、備中守は、堀口にとんでもない話を持ち込んだのである。

備中守は、自分だけで周りには知られず、ひっそりと、草《くさ》と呼ばれる忍びの組織を抱えていた。

その草たちに、偽金作りを命じたのである。

偽金を使うことにより、力をつけたい、というのが、備中守の狙いだったのだが、堀口は大反対をした。

そんな公儀に楯突くようなことをしたら、今度はお家が取り潰しにあう、と諭したのだが、血気盛んな備中守は、

「臆すな！」

のひとことで、堀口を遠ざけてしまったのである。

そこで、取り上げられたのが、若い侍たちだった。

変革組と称して、備中守の指令を守って、江戸城のなかでもっと力をつけ、最後は若年寄、さらには、側用人までへと殿の出世を夢見ていたのである。

だが、堀口にしてみると、徳川幕藩体制は、揺るぎないものに固まっている。

ロシアから船が来たり、ときどき、品川沖に西洋の船が来ているというような噂があり、幕府では外国との付き合いに対して、論議をしているという話は入ってくる。

だからといって、そこに乗じて、緒方家が出世をするために、画策していいということにはならないだろう。

だが、若い家臣たちには道理が通らない。

自分たちの殿さまが若年寄になり、その家臣になれる……その魅力は、妖《あや》かしに惑わされているようなものだった。

若いだけに、熱にうなされているようなものだ、と堀口はいうのだが、若侍たちは、まったく聞く耳は持たない。

堀口は深編笠をかぶりながら、危うい連中がはめをはずさないように、江戸の町を見廻りに歩いているのであった。

堀口の前に座っているのは、堀口の腹心、戸野村元斎《とのむらげんさい》である。備中守のご意見番として、古くからの勤めをする、剣術指南番である。

「殿は、少し……」

乱心気味だ、という言葉を呑み込んだ。確かに、偽金を作る、などと言い始めた備中守はどこか、狂っているのではないか、と思うに充分な言動である。

「辻斬りはどうしたのだ」

戸野村が訊いた。

「いまは、やめておるようだが」

「まったく困ったことを……」

「町方とて、なかには目はしの利くものがいるのではないか」

「おそらく、いつかはばれるであろうな」

「まぁ、殿さままで目が届かねば、それでよい……」

「………」

堀口は、苦しそうに目をつむった。

「どうした……まさか」

戸野村は、堀口が、備中守をできれば引退に追い込みたい、と願っているのではないか、と疑っているのである。

以前、善後策を話し合ったとき、

「いまのままでは、取り潰しになるのは、目に見えている……必ず、いつか幕府の隠密に、殿の乱行《らんぎょう》がばれるときがくる」

堀口が頭を悩ませていたからだった。

戸野村としても、取り潰しになるのは困る、第一、家臣は士分、足軽を含めて百人はいるのだ。一万三千石の家としては、抱えすぎといわれても仕方がないだろう。

財政は困窮を極めている。

それだからこそ、偽金を作るのだ、と備中守は、とんでもない夢を見ている……。


夏の雲は、まるで妖怪変化である。

もくもくと盛り上がったと思ったら、すぐ雨に変わる。

それもすぐ上がり、またじりじりと熱くなり、蟬が鳴き始めるのはいいのだが、通りも窪みに溜まった水が、大八車が通ると跳ねを飛ばしてくる。

まったく、夏は暑い……。

文句ばかりをいっているのは、誰あろう、千太郎である。

そばで、由布姫がそんな話をにこにこしながら、怒りもせずに聞いているのが、市之丞にしてみると不思議でならない。

「雪さんは、こんな話を聞いて楽しいのですか？」

真剣な眼差しで質問する市之丞に、

「おや、市之丞さんは志津の言葉に嫌いな話がありますか？」

「う、いやそれは……」

「ほれ、みなさい」

「はぁ、そういうことですか」

千太郎は、なにもいわずに、ぼぉっとしているだけだ。片岡屋の離れの昼過ぎである。

市之丞はいるが、志津の姿はない。

そのために、市之丞は機嫌が悪いのだ。

「雪さん……早く志津さんを解放してあげてください」

「おや、あたしがどうかしたとでも？」

「主人の雪さんが助けてあげないと……」

「まるで私が監禁しているようですね」

「そうはいいませんが……」

そこで、黙ってしまった。しばしの沈黙が部屋を包んだ。

「行ってみるか……」

突然、千太郎が口を開くと、すっくと立ち上がって、由布姫と市之丞を見る。

「弥市親分の話も聞きたいと思っていたが……まずは、こっちから出かけてみよう」

「どこにです?」

「決まっているではないか」

「わかりませぬ」

由布姫は、疑問顔を見せながら、

「たまには、もっとわかりやすく話をしてくだされ」

「ううむ、わかりやすいと思うがなぁ」

「もしそうなら、こんな要求はしません」

「そうであるか」

千太郎は、あまり気にしてはいない。

「一緒に来ればわかるからいいではないか」

「そんな無茶な」

市之丞は、まだ機嫌が悪いのだろう、頬をふくらませながら、

「志津さんがいないのなら、私は行きません」

と、横を向いてしまった。

「そうか、ならば仕方がない。もともと、市之丞には、関わりのない話だからな」

「そうでしょう、ならば行きません」

まるで、駄々っ子である。

放っておけ、という千太郎の言葉に、由布姫もはい、と返事をして、一緒に片岡屋の外に出た。

山下の通りは、暑く、陽炎《かげろう》が揺らめいて、野良犬は舌をだらだらと垂れ下がらせながら、寝そべっていた。

自身番の屋根から伸びる火の見櫓に、誰かが上がっているのが見えて、すわ、火事かと思ったが、

「あれは、涼んでいるんでさぁ」

そういったのは、弥市だった。

「親分、来たのか。ちょうどよかった」

「へぇ……」

いつになく、弥市の顔が真剣さを含んでみえるのに、千太郎は気がつき、

「どうした、なにか新しい聞き込みでもあったのか」

「まぁ、新しいというか、あの若侍ですが」

「身元がわかったのか」

「へぇ……」

大きな声ではいえねぇ、と周囲を見回す。

「大物なのだな」

「まぁ……」

弥市は、声を落として、尾州に関わった、緒方備中守の家臣らしい、と告げた。

「なに、尾州だと？」

尾張は、紀州、水戸と並んで御三家。そこにつながる家中だとしたら、そうそう簡単には、手を出すことはできない。

「それは困ったな」

さすがの千太郎も眉を動かして、不快な表情を見せた。由布姫も、少し困り顔をしている。

由布姫は、田安家につながる姫様。

田安家は、清水《しみず》家、一橋《ひとつばし》家と御三卿《ごさんきょう》のひとつである。御三卿は、八代将軍吉宗が立てたお家で、将軍家の家族としての、性格が強い。

しかし、御三家は領地を持っていたが、御三卿は、自分の領地は持たず、幕府から屋敷なども与えられる、という違いがある。

また、御三卿は、後継者がいなくても、その家は存続できた。それだけに、普通の大名とは存在が異質である。

田安家につながる姫である由布姫が好き勝手ができるのも、このような裏事情があるからだった。

千太郎は、そんなことを漠然と考えていると、

「旦那……」

弥市が、どうしたのだ、と目で訊いている。

「あぁ、なんでもない」

そういって、雪を見た。

この雪さんはおそらく、自分の祝言の相手、由布姫だろう。そう思って見つめると、すんなりと笑みが浮かんできた。

「なんです、その笑いは」

じゃじゃ馬姫が、目を三角にする。

「なんでもありませんよ。ところで親分……」

「へぇ、その緒方家の件ですが……」

ふむ、と頷くと、千太郎は先を促した。

由布姫が、不安そうな顔で弥市の言葉を待っている。

五

若侍が、備中守の家中だと判明したのは、緒方家の連中があちこちを歩き回って、捜していたからだという。

弥市と鳥居の親分が、南北の新堀町を歩き回ったときにも、遭遇したという。そこで、不審に思ったふたりが、自身番に問いただした。

緒方家の家臣たちも、それほどおおっぴらに若侍の居場所を探し歩いていたわけではない。初めは、屋敷を出て、迷っているのではないか、と迷子捜しを装っていたという。

そこで、訊いた人相が、山下の矢場で斬られて死んでいた若侍、三人のひとりに似ていた、という。

おそらくは、緒方家の家来ということで、間違いはないだろうが、それを証明するにはどうしたらいいか、と弥市がいうと、

「いや、それは証明などしなくてもいいだろう」

「どうしてです？」

「探し回っている連中も若い侍たちだ、というておったな」

「へぇ、斬られた三人とほとんどは同年代ではねぇか、と洋介親分がいってましたが、それがなにか？」

顎に手を当てながら、千太郎は、思案する。

「雪さん……」

じっと見つめられて、どぎまぎしながら、

「なんです？　私の出番ですか？」

「ご明察……」

詳しくはいわなくても、由布姫には千太郎がなにを望んでいるのかが、すぐ理解できた。おそらく、尾州という名が出てきたところで、なにか頼まれるのではないか、と推測をしていたのだった。

「では、よろしく頼みます」

「……はい……」

その会話を訊いていた弥市は、

「なんのことです？　あっしには教えてくれねぇんですかい？」

口を尖らせて、すねている。十手を持って、とんとんと肩を叩いているのは、焦《じ》れている証拠だ。

「親分……男と女の話です」

「……本当ですかい」

弥市は本気にせず、肩を叩く力がますます強くなった。二人の間に佇む他人を寄せつけないような雰囲気に、

「ちぇ、面白くねぇや」

と横を向いてしまった。

その仕草を見て、千太郎は、その台詞をひさびさに聞いたなぁ、と大笑いをし、由布姫も口に手を当てて、おほほ、と笑った。

「まぁいいですよ」

「なにも親分のことをないがしろにしているわけではないから、安心してよいぞ」

「ふん……」

すっかり、すねてしまったらしい。

いつまでも、そんな弥市を相手にしていても始まらない、と千太郎は、由布姫にまた目を戻して、

「雪さん……うまく頼みますよ」

「はい、おそらく大丈夫でしょう……」

しっかりとふたりの目は絡み合っている。

堀口は、また深編笠を被って、江戸の町に出ていた。せっかく、若侍三人を、まったく意味不明の死体として葬ろうとしたのに、それを、敵方の仲間たちが、探し出そうとしている。

いまさらそんなことをされたら、困る。

戸野村には、そういって顔をしかめてみせたのだが、

「……それは変だな」

「なに？」

「おぬし、どうしてあの三人を江戸の町に放り出したのだ」

「それは、屋敷のなかに死体をおいておくわけにはいかぬからだ」

「……ふふ、それもあるだろうが、わざと屋敷から出したのであろう」

「そんな……」

戸野村は、目を細めて詰問する。

「家中の揉め事をうまくまとめてくれる与力がいたではないか。どうしてその男を使わぬのだ」

堀口は答えない。

「誰が斬ったというようなことなら、なんとでもごまかせばいいではないか」

堀口は、答えずに大きくため息をついた。

「儂は怒っているのではない」

「では、なんだ」

「あの死体を使って、このお家の乱れぶりを蘇生させようとしたのであろう……おぬしらしい深慮遠謀だ」

「…………」

「もっとも、あの身元が割れるかどうかは、ある意味、賭けのようなものだがな。身元が判明したら、わがお家に対して調べる者が出てくる……それを待とうとしたのであろう」

「そんなことをしたら、お家は断絶になるかもしれぬではないか、そんな危ない橋を渡るわけがない」

「そうかな……」

「なにがいいたい」

「おぬしには、親戚がいたな。確か、どこぞの殿さまの江戸家老ではなかったか……」

「そんなことは関わりはない」

堀口は、目を外したが、戸野村の話はずばり核心をついていたのだった。

堀口大三郎が、戸野村元斎とそんな話をする前日のこと——。

佐原源兵衛に、市之丞が呼ばれていた。

本来なら源兵衛は、息子だとしても会見の間《ま》を使うのだが、今日は私室に呼び出していた。

私室は、会見の間とは異なり、質素である。欄間なども会見の間は、花鳥風月を透かし彫りにしてあったり、襖の絵は狩野派という凝りようである。

だが、私室は華美なところはない。

それは、源兵衛の質実剛健な雰囲気を保ちたい、という本人の気持ちによるところが大きい。

源兵衛の顔は、目が腫《は》れていた。寝不足らしい。

「なにごとです」

「お前に大変なことを頼まなければいけない」

「なんです……また、国許に帰れというのですか」

「そうではない……」

「では、なんです」

「緒方備中守を知っておるな」

「はぁ、尾州の親戚でしたか……」

「いや、親類筋ではないのだが、まぁ、元は家臣であった、緒方宗右衛門の尽力に対して大名に取り上げられたという、譜代《ふだい》大名なのだが」

「それがいかがいたしました」

「他言は無用だぞ」

「そんなに大変なことが起きているのですか」

「まぁ、聞け……」

それから、父、源兵衛が語った内容に、市之丞は、息を呑んで、言葉が出なかったのである。

「この話を、千太郎君は？」

「まだ、知らぬはずだ」

「私から話をしろというのですか」

「いや……事件に首を突っ込んでいたら、そのうち嫌でも気がつくことになるはずだ。そのときでよい」

「しかし、お会いしたら話をしてしまいそうです」

「こちらからいうことはない。お前の胸にだまってしまっておくのだ。よいな……」

念を押されて、市之丞は、頷くしかなかったのである。

六

夏だというのに、部屋は寒く感じた。

いや、部屋の温度が下がっているのではあるまい。自分の気持ちが寒くなっているからだだろう。

堀口大三郎は、若侍三人を斬ったことを、後悔していた。もっとも、あのときはそれしかない、と思い込んでいたのである。

それをいまになって、後悔しても始まらぬ……。

縁側に出てみた。

光が悲しいほどにまぶしく庭を照らしている。木々たちもその恩恵を得て、草の葉は力ある姿を見せている。

この木々や葉のごとく、自分にも活き活きとしたところがあればいい、と心で呟いたのだが、それも虚しく響いた。

若侍を斬ったのは、奴らが談判に来たときだった。

三人は、先頭に入ってきた男が、小普請方の飯塚甲斐《いいづかかい》と名乗った。よほど剣の腕に自信があるのだろう、と思える態度であった。

その後ろに控えていたのが、ひとりは、書院番の、赤田伝右衛門《あかだでんえもん》。そして、もうひとりは表右筆《ゆうひつ》の、加倉富助《かくらとみすけ》という若い三人である。

三人は、備中守の出世を画策するのがどこが悪いのだ、と血走った目つきで迫ってきた。

堀口は、静かに答えた。

「考えてみよ、偽金など作ってそれが公儀にばれたとき、どんなことになるかを……
それでも、よいというか」
「見つからなければよい」
こいつらは本気でそのような……。
堀口は、あきれて物がいえない。
いくら、殿さまの命《めい》だとしても、それを真《ま》に受けてしまうとは。もう少し頭を使え
と苦虫を嚙み潰したような顔になってしまう。
三人とも、まだ、二十歳前だろう。
それだけに、本当の力とはどういうものか、それがわからないのだ。
「そんなことは老人の世迷い言だ！」
飯塚は、叫び続けている。
赤田伝右衛門と加倉富助のふたりも、談判が決裂したら、いつでも飛びかかること
ができるような体勢をつくっていた。
その腕では、私は斬れぬ……。
そういいたかったが、なるべくなら穏便に話を終わらせたい。
しかし、三人は最初から堀口を斬るつもりでいるから、まともに会話を交わそうと

はしないのだった。

「惜しいな……」

心底から、堀口はそう思って声に出した。

「なにがだ！」

飯塚甲斐は、もうすでに鯉口に手をかけて、いまにも斬りかかる体勢である。

「そんなに、力んでいたのでは、人は斬れぬぞ」

「やかましい！」

上司に対する言動ではない。

だが、堀口はそれでも、だまっていいたいことをいわせていた。

こんなところで、将来ある家臣の命の炎を消したくはない。だが、いまの様子では、斬り合いは避けられないだろう。覚悟は決めていた。

しばらく、いったりきたりの問答が続いていたが、

「だまれ！」

後ろに控えていた、書院番の赤田伝右衛門が抜刀して、立ち上がった。

それに釣られて、加倉富助が、立ち上がった。

最後に、飯塚甲斐が抜刀して、打ちかかってきた。上段から振りかぶって斬りつけ

てきたのだ。

堀口は、とっさに体が動いていた。

立て膝をしたまま、右に飛びながら、飯塚の胴を斬りつけ、すぐ立ち上がると、袈裟懸けに、赤田の首筋を斬った。

ふたりは、あっという間に血だらけになって倒れた。

堀口は、静かにいった。

「もう、やめておけ……命を無駄にはするな」

「やかましい！」

加倉は、先に斬ったふたりよりは腕はあったようだが、堀口の相手ではなかった。

「死ね！」

上段から、斬り下げながら踏み込んできた。

堀口は、その切っ先を受け流して、そのまま体を前に倒しながら、縦に斬り下げた。

戦いは、剣の速度に比例する。

加倉も同時に、胴を薙ぎ払ってきたが、寸の間、堀口の剣先のほうが先に加倉の首筋を斬った。

その瞬間、堀口はしまった、と叫んだ。

三人とも、急所を外すことができなかったのである。それは、部屋のなかでの戦いということもあった。

狭いところでは、刀を振りかぶったり、払ったりする幅が制限される。したがって、剣を動かす左右だけではなく、上下にも余裕がないのだ。

その結果、相手を確実に倒さねばならない。そうしなければ、こちらが斬られてしまうからだ。

三人は、しばらくは虫の息だったが、やがて絶命したのである。

座敷には、戦いの跡が残っている。

そのままにしておくわけにはいかない。

堀口は、すぐ戸野村元斎を呼び、ふたりで死体を運んだ。山下の矢場に置いてきたのは、矢場女の取り合いをして、仲間割れを起こしたとでもみなしてくれたらいい、という思いからだった。

戸野村は、そのときはなにも訊かずに、だまって手伝ってくれたのだが、堀口の気持ちの奥は知っていたということになる。

そのまま沈黙を守っていてくれることには、感謝するしかない。

もっとも、戸野村にしても、いまの備中守の行状には、苦々しいものを感じているのだった。

千太郎が事件のなかで注目したのは、若侍殺しもそうだが、一番新しい事件だった。身元は遊廓に働いていた若い者で、名を与五郎といった。

どうして遊廓の男が斬られたのか？　今回は死体が捨てられていた、という特徴がある。

辻斬りが、焦っていると千太郎は考えた。

つまり、この与五郎という男が、辻斬りたちにとって、都合の悪いことを知っていた、ということではないか？

だから、こんな斬られ方をした……。

そこで、千太郎は弥市と鳥居の洋介親分に、与五郎の素性を徹底的に洗わせた。すると、面白いことが判明した。

どうやら、与五郎は誰かの密偵だったことが判明したのである。それも、町方の下っ引きではない。おそらくは、個人的に侍に使われていたのではないか、と思えたのである。

与五郎が寝泊まりしていた部屋の文箱《ふばこ》から、誰かに当てた書状が出てきたのだった。

宛先は、はっきりとは書かれていないため、どこの誰との連絡係だったかは、判明はしなかった。

そこで、千太郎はピンと来たことがある。

あのとき、死体を確かめに来た深編笠の男――。

あの男の密偵だったとしたら……。

深編み笠の侍は何者……。

それが判明したら、この事件は解明できるはずだ。

千太郎は、もう一度、深編笠の男を探すことに決める。

しかし、翌日、由布姫から千太郎はとんでもない、裏に隠された事実を知ることになるのだった。

七

千太郎は、由布姫の言葉に耳を疑っている。

例によって、片岡屋の離れである。

縁側から風が通るように、部屋は開放されている。外からの草花の香りも夏らしい。

だが、千太郎の表情は冬の曇り空のようであった。

「それは真《まこと》のことですか」

「もちろんです……調べた結果です」

「これは大変なことになってきました……」

いま、由布姫が語ったのは、緒方家の殿さまがとんでもないことを始めている、という話だった。おそらく、辻斬りをやっているのではないか、と隠密が教えてくれた、というのである。

「そんなことが……」

「まだ、はっきりしたことはわかりませんが、おそらく真実であろう、と」

「とんでもない大物が出てきたものです」

由布姫も困り顔だ。

「しかし、どうして備中守がそんな真似を？」

「そこまでは、探りきっていないようでした」

「あの三人の若侍はどうして斬られたのだろうか？」

「さぁ……私が聞いたのは、備中守が辻斬りをやってる、というところまでです」

「これはうかつには、動けなくなった……」

由布姫は、憂い顔で千太郎を見つめる。

「ここで、手を引いてしまいますか？」

「こうなったら、尾形家に乗り込むか……」

「まさか」

千太郎には、危険なことはしてほしくはない。

「弥市親分に、この事件の調べはやめろともいえません」

「そうですねぇ」

「どこかで落とし所を探さねば……」

千太郎は、思案する……。

と、いきなりにんまりすると、

「そういえば、雪さん……どうしていまのようなことを調べられたのですか？」

一瞬、千太郎がなにをいいだしたのか、由布姫はきょとんとする。

気がつくまで、数呼吸かかった。

「まぁ……そんなことを……」

「雪さんは、どこぞのお店《たな》の娘さんですからねぇ、こんな大変な話をどこから仕入れてきたのか、と思いましてねぇ」

言葉を失ってしまった由布姫だが、ここはしらばっくれてやろう、千太郎のわざとらしい芝居に乗ってやろう、と思った。

「あら、大店には、自分たちの身を守るために、いろんな用心棒を抱えているんですよ。その人たちから聞いた話です」

「なるほど……それなら話はわかります」

ふたりは、まだ自分たちの身分を話したことはない。

だから、そんな会話をしている。

千太郎は意地悪だが、由布姫は、こんな児戯で遊ぶ千太郎が好きだった。

しかし、そんな由布姫の思惑などまるで気がつかない千太郎である。

「それにしても、殺された者たちがいるのですから、このままうやむやにするわけにはいきません」

「そうですねぇ。でも、その解決法を考えるのは得意なのではありませんか?」

「……考え抜けば、なんとかなるでしょう。世のすべては、途中で投げ出さなければ、必ずや、道は開けるものです」

「そんな前向きな千太郎さんを私は好いております……」

赤く桃色に頬を染めて、由布姫は俯いた。

堀口は、覚悟を決めた。

これで、もう緒方家はお取り潰しになるだろう。半分はそれを見越して起こした三人の粛清だった。

殿さまが組織した忍びが堀口を狙っていることが、戸野村元斎の調べで判明したのだ。その事始めに、堀口が市井で使っていた、密偵の与五郎が斬られた。

これで、とうとう主家との戦いになってしまった。

どうしてこんなばかなことになってしまったのか……。

ひとつだけ、助けがあるとしたら、稲月家の佐原源兵衛だった。先日、緒方家についての秘密をつぶさに話してしまった。

なんとかしてくれ、というつもりはなかった。自分が命を断ったときに、その理由を知っていてくれる者がいてほしかったからであった。

戸野村はおそらく、一緒に殺されてしまうだろう。ふたりを、草たちが狙っているのだ。

堀口は、屋敷を出た。

草のふたりが後ろからついてくる姿を知りながら……。

戦いになりそうだ……。

文月五日、明け六つのことだった。

堀口が出た姿を認めて、さぁっとよそに向かって駈けだした者がいるのを、堀口本人は知らない……。

市之丞は、覚悟を決めた。

やはり、千太郎に話をしたほうがいい。それによって、なにか解決策が生まれてくるのではないか。

ひとりで悶々としていても、話は始まらない。自分が疲れてしまうだけである。こんな大きな問題をひとりで抱えるのは無理だ。

市之丞は、片岡屋に向かった。

空は、白くなりかかっている。すぐ、明けることだろう。

市之丞の訪問を受けて、こんな刻限にどうしたのだと千太郎は不審な顔をする。

市之丞は、源兵衛に聞いた話をすべて伝えるのだった。

「なんと……」

千太郎は、驚きを隠せない。

先日、由布姫から備中守の話を聞いたばかりである。そこに、市之丞の話。これをつなげると、おそらくは、緒方家が分裂しているのだろうと推量される。

あの深編笠の男が、源兵衛と親類であったとは……。

ならば、深編笠の堀口大三郎が斬られてしまうだろう。備中守はそれくらいのことはやるはずだ。

おそらく、辻斬りの際には、草たちがついていたと思えた。

このままでは、堀口と、備中守から命じられた草たちとの戦いが始まるはずだ。それがいつなのか……。

知る術《すべ》があればいいのだが。

千太郎は、由布姫ならある、と感じた。

と——。

明け六つになった頃、千太郎の離れの縁側を叩く音が聞こえてきた。外に出ると、由布姫であった。そばには、八幡京之介……。

八

早朝の永代橋には霞《かすみ》がかかっていた。

そこに、堀口大三郎が立っていた。ふたりの着流しの侍が対峙している。

三人の間には、殺気が漂っていた。

斬り合いが始まった。

堀口は、ふたりを相手にしなければいけない。勝てる見込みはほとんどないと覚悟を決めている。

だが——。

そこに、たったたったっと駆け足でこちらに寄ってくる足音が聞こえてきた。

堀口をはじめ、三人がそちらに目を向けた。

先頭を走る侍は、与五郎の死骸を検めに行ったときに出会った侍であった。それを知り、驚くしかない。

どうして、あの侍が来るのだ？

「待て、待て……」

千太郎は、大手《おおで》を開いて三人の戦いを遮《さえぎ》った。

「何者……」

草と思えるひとりが、千太郎に問う。

千太郎は、それには答えず、堀口大三郎の前に進み、顔を突き出した。

「私だ……覚えがあるであろう」

「あのとき自身番にいた……あ！　あ、貴方様は……」

「思い出してくれたらそれでよい」

堀口はどこかで見たことがある、と思っていたのだが……。稲月家の若殿……。

以前、江戸城に登城したときに、会ったことがある。それに、だいぶ以前のことだが、佐原源兵衛を訪ねたときに、若殿に目通りしたこともある。

「若さま……」

「手を引け……私がよしなにしてやる」

後ろから由布姫も走ってきて、

「あれは……」

「声に出すでない」

「は……」

「よいか、ここを離れるのだ」

「しかし」

「あのふたりのことは任せるのだ」

「は……」

堀口は、ていねいに腰を折ると、そこから離れていった。

「おぬしは……何者だ」

「顔は知らぬかな」

と、奥に立っているほうが、気がついたらしい。

「稲月千太郎君……」

「知られていたとはうれしいものだ」

「…………」

思ってもいない若さまが出てきて、さらに、後ろに控えているのは、田安家ゆかりの姫と気がついた。

さすがに、ふたりは体が動かなくなっている。千太郎はまだしも、由布姫は葵の御紋が後ろ盾である。逆らうわけにはいかない。

たとえ草とはいえ、葵の御紋に斬りつけることはできないらしい。

「このまま帰るのだ。あとは私たちにまかせろ……」

ふたりは目を交わしあっている。

「それともここで、私と戦うかな」

「それは……できません」

「ならば、戻れ」

「はぁ……」

「よいか、備中守さまの件が公儀に公になってしまったら、大変なことになる。そちたちが、かえってまとめろ。よいか」

「は……」

ひとりが、膝をついた。

自分たちとしても、備中守の行状をよく思っていない、という面持ちであった。

ふたりは、さぁっとその場から姿を消した……。


数日後の片岡屋。

由布姫と千太郎、そして市之丞がいる。

話をしているのは、由布姫だった。

「備中守は、病気のために隠居をしたそうですよ。最近ご公儀に届けがあったそうです」

「ほう……」

「これで、緒方家も安泰になることでしょうねぇ」

千太郎は、ふむふむと聴いているが、市之丞はなにがどうなっているのか、よくわからぬ顔つきだ。

どうして、雪がそんな話をしているのか？　どうも、ご公儀に詳しいらしい。

ただの商家の娘がどうしてまるで自分たちの話のように喋っているのか？　不思議でならない。

千太郎と雪は、そんな市之丞を無視して、ふたりだけで通じる目線を交わしているようだった。

弥市がときどき、怒っているのはこれらしい。

「いまの話はどういうことです？」

ふてくされたまま、市之丞が訊いた。

「よいよい、気にするな」

千太郎は、笑っているだけで、説明をする気はないらしい。

市之丞が膨れていると、

「いまから、市之丞さんには、うれしいことが起きますよ」

雪が市之丞を見て微笑んでいる。

「うれしいこと？」

「そうです……」

ふっふふと笑ったところに、入り口のほうから、誰かが訪れた声が聞こえてきた。

「あ……あれは」

「そうです、志津ですよ」

「やっと会える！」

市之丞は、いままでのふてくされた顔を一変させて、入り口まで吹っ飛んでいった。

千太郎と雪こと由布姫は腹を抱えている。

「ところで、雪さん」

「はい」

「このたびはありがとうございました」

「あら、なんですそんな、改まって」

「いや……今度ばかりは私ひとりでは、どうにもならなかったはずです」

「……」

「雪さんがいてよかった……」

「……」

「雪さん……」

「はい」

「こちらへ」

「は？」

「さぁ、もっと、もそっとこちらへ」

「まぁ……」

いわれるまま千太郎のそばに寄ると、千太郎は体を抱きしめながら、

「由布姫……そろそろ考えますか」

耳元で囁かれ、由布姫は体に力が入った。

「え？　それは……」

「……まだよいか。もう少し、気ままにこうして記憶をなくした千太郎と、雪さんでいましょうかね」

「は、はい……」

そこに、市之丞と志津が座敷に入ろうとして、

「志津さん、ちょっと待った」

「なんです？」

「春です」

「なにを戯言を……いまは夏ではありませんか」

志津が笑ったが、市之丞はいや春です、といいながら、庭に志津を誘った。千太郎たちの姿を見せぬためだった。

空はまだ青く夏はまだ続いている。

「志津さん」

「なんです？」

「私たちも春をしましょう」

「なんのことです？」

市之丞はがばっと志津に寄ると、抱きしめた。

「こういうことです……」

「まぁ……」

「わかりましたか？」

「はい……」

片岡屋には、ときならぬふたつの春が夏を彩っていた……。

時代小説

二見時代小説文庫

姫《ひめ》は看板娘《かんばんむすめ》 夜逃《よに》げ若殿《わかとの》 捕物噺《とりものばなし》5

著者 聖《ひじり》 龍人《りゅうと》

発行所 株式会社 二見書房
東京都千代田区三崎町二－一八－一一
電話 〇三－三五一五－二三一一［営業］
〇三－三五一五－二三一三［編集］
振替 〇〇一七〇－四－二六三九

印刷 株式会社 堀内印刷所
製本 ナショナル製本協同組合

落丁・乱丁本はお取り替えいたします。
定価は、カバーに表示してあります。

 ISBN978－4－576－12069－0
http://www.futami.co.jp/

夜逃げ若殿 捕物噺 夢千両すご腕始末
聖龍人［著］
御三卿ゆかりの姫との祝言を前に、江戸下屋敷から逃げ出した稲月千太郎。黒縮緬の羽織に朱鞘の大小、骨董目利きの才と剣の腕で江戸の難事件解決に挑む！

夢の手ほどき 夜逃げ若殿 捕物噺2
聖龍人［著］
稲月三万五千石の千太郎君、故あって江戸下屋敷を出奔。骨董商・片岡屋に居候して山之宿の弥市親分とともに謎解きの才と秘剣で大活躍！大好評シリーズ第2弾

姫さま同心 夜逃げ若殿 捕物噺3
聖龍人［著］
若殿の許婚・由布姫は邸を抜け出て悪人退治。稲月三万五千石の千太郎君との祝言までの日々を楽しむべく由布姫は江戸の町に出たが事件に巻き込まれた。

妖《あや》かし始末 夜逃げ若殿 捕物噺4
聖龍人［著］
じゃじゃ馬姫と夜逃げ若殿。許婚どうしが身分を隠してお互いの正体を知らぬまま奇想天外な妖かし事件の謎解きに挑み、意気投合しているうちに…第4弾！

枕橋の御前 女剣士 美涼1
藤水名子［著］
島帰りの男を破落戸から救った男装の美剣士・美涼と剣の師であり養父でもある隼人正を襲う、見えない敵の正体は？ 小説すばる新人賞受賞作家の新シリーズ！

神の子 花川戸町自身番日記1
辻堂魁［著］
浅草花川戸町の船着場界隈、けなげに生きる江戸庶民の織りなす悲しみと喜び。恋あり笑いあり人情の哀愁あり、壮絶な殺陣ありの物語。大人気作家が贈る新シリーズ第1弾！